文春文庫

雲州下屋敷の幽霊

谷津矢車

文藝春秋

雲州下屋敷の幽霊　目次

雲州下屋敷の幽霊

ガス灯の並ぶ目抜き通りには、多くの馬車や人力車が行き交《か》っていた。街路の人々は、トンビの襟《えり》を立て、冷たい風にはためく首元を押さえて大足で道を急いでいる。

背を丸めつつ道の端を歩く幾次郎《いくじろう》は、息苦しさを覚えて空を見上げた。ガス灯を縫うように伸びる電信のケーブルが、まるで蜘蛛《くも》の糸のように張り巡《めぐ》らされ、空を覆い尽くし、煉瓦《れんが》造りの背の高い建物は、行き交う者に威圧を与えようとしているかのように聳《そび》え立っている。

文明開化の頃から新橋《しんばし》の街を眺め続けていたことになる。江戸の昔は遠き夢、明治の聖代も二十三年を数えてみれば、かつての八百八町の姿を見出すことは難しい。

一本辻を曲がった。西欧化の波はひたひたと広がっている。最初は目抜き通りだけだったものが、少しずつ、黴《かび》のように広がり始め、今では町全体が煉瓦色に染まっている。

深くため息をついて道を行くうち、洋服屋のショウウインドウの前に差し掛かった。変わり映えのしない羊毛の黒チョッキに同じくズボン、古ぼけた革靴という、無理して当世風に背伸びした疲れた中年の姿がガラスに映り込んでいる。

街が変われば人も変わる。鯔背《いなせ》な紗《しゃ》の黒羽織に糸染めの青紬《つむぎ》姿で、日本橋《にほんばし》界隈《かいわい》を肩で風切って闊歩《かっぽ》していたかつての己《おのれ》の姿を思い出しながら、幾次郎はガラスに映るくたびれた中年の立ち姿を睨んだ。

「落合芳幾《おちあいよしいく》の名が、泣いてらあな」

己の画号を口にするのも久しぶりで、飛び出した言葉が掠《かす》れた。

幾次郎はかつて、落合芳幾の名前で浮世絵を描いていた。弟弟子の月岡芳年《つきおかよしとし》や別門の豊原国周《とよはらくにちか》と人気を三分したほどの当代一流の絵師で、影だけで役者を表現する姿絵や、凄惨な場面を材に取る無惨絵を得意にしていたが、由《よし》あって絵師の道から離れ、煉瓦街に変貌した銀座の片隅で働いている。今でも絵師としての引きがないわけではないが、多忙を言い訳に版元の仕事を断っている。

今も夢を見ることがある。日本橋にあった国芳《くによし》塾で兄弟弟子たちに揉《も》まれながら絵をひたすら描いていた日々を。金もなかったし時もなかった。毎日のように版元から絵を催促《さいそく》される日々だったが、あの頃は生きているという実感があった。

幾次郎は、似非《えせ》開化人そのままの己の鏡像から視線を外して先を急いだ。

新橋の外れ、目抜き通りから五つほど辻を隔《へだ》てた町の隅に、その建物は息をひそめるようにしてそこにあった。

赤茶煉瓦造り、二階建の三間間口《さんげん》、大きく開かれた二階の窓の下に〝明治堂《めいじどう》〟と大書された扁額《へんがく》のような看板が掛かり、看板の下には洋式のドアが設《しつら》えられ、そのドアを挟むように、二つの大きな洋式窓が配されている。ノブに手をかけると、軋《きし》み音を立てながら内開きのドアが開いた。

昼間だというのに中は薄暗い。部屋いっぱいに漂う古紙とインク、染料の香りが迫ってきた。これを悪臭だという者があるが、幾次郎からすれば懐かしく、好ましい香りだ。酸《す》っぱいような甘いような香りをしばし楽しんでいるうちに、目が慣れて中の様子が浮かび上がってきた。左右の壁には西洋式の本棚が並び、革装の洋書が整然と差してある。黒、赤、茶の背表紙に浮かぶ金文字のタイトルは、まるで蚯蚓《みみず》がのたくったような字で、何が書いてあるのか判然としない。三面を本棚で囲まれた部屋の真ん中にはランプの載った丸テーブルが置かれ、四脚の背もたれ付きの革張り椅子が主人の傍を離れない忠犬のように寄り添っていた。

「こんにちは、幾次郎です」

誰もいない店の中に声を掛けると、奥で何かが動く気配があった。

「おお、よく来たね」

暗がりから腰の曲がった老人が現れた。顔立ちは柔和《にゅうわ》で人の良さそうな笑みを湛《たた》えている。これで屋号付きの羽織に着物だったならどこかの魚問屋の旦那という風情《ふぜい》だが、目の前の老人は、仕立てはいいものの少し古びた白シャツと茶のズボンを着こなし、首にはタイまで締めている。足元は黒の革靴だ。

のそのそとした足取りで幾次郎の許までやってきた老人に勧められるまま、幾次郎は丸テーブル前の革張り椅子に腰を掛けた。ぎし、と椅子の脚が悲鳴を上げている間に、目の前の老人は難儀そうに丸テーブルを挟んだ差し向かいの椅子に腰を掛け、テーブルの上のランプに火を灯《とも》した。おかげで、ようやく部屋の中の闇が払われた。

「いや、ここんところ寒くてね、表にいるのが厭《いや》になっちまうんだ」

外見とは裏腹に、男はちゃきちゃきの江戸言葉を遣った。開化からこのかた、東京《とうけい》と名を改めたこの町で江戸言葉を遣う人間は少なくなった。

底冷えのする寒さに、思わず幾次郎は体を震わせた。この場所は、三和土《たたき》の上に板敷きをしただけのようである上、暖房器具も置いていない。南向きに開いている窓から差し込む日の光だけが唯一の熱源らしい。

老人は三面に広がる本棚を見渡した。

「すまないねえ。うちの子たちを火に晒《さら》すわけにはいかないからね」

言葉の割に、老人の声音には悪びれたふうもない。愛おしげに本の背表紙を見遣《みや》っている。

相変わらずだねえ――。幾次郎は心中で呟いた。

目の前の老人、清兵衛《せいべえ》は、元は書物問屋《しょもつどいや》の国書堂《こくしょどう》を開いていた。書物問屋は儒学書や学術書を扱う版元のことだが、実際のところ、国書堂は地本問屋《じほんどいや》の扱う狂歌絵本や戯作の類《たぐい》も手広く商う、雑然とした店だった。だが、明治の御一新を機に問屋業を廃業し、横浜で洋書を買い入れて販売する古本《ふるほん》業に鞍替えした。これからは西洋文明摂取の時代になるだろうという読みが当たり、今では帝国大学の学者たちに洋書を売りつけて儲けているらしく、本郷にも店を構えている。

書物問屋時代から付き合いがある幾次郎は、清兵衛の本への接し方をよく知っている。どんな粗雑な刷りの本であっても割れ物を扱うように触れ、嫁に行く娘に化粧を施《ほどこ》す母親のようにはたきをかけて回っている。本の為に寒さを我慢するというのは、さもあらん、である。

「で」清兵衛は目を光らせた。「今日はどうしたんだい、幾次郎。なんか困ったことでもあったかい」

「ええ、ちょいと清兵衛の旦那にお願いしたいことがあるんですよ」

「なんだい」

促しのままに、幾次郎は口を開いた。

「実は、黙阿弥《もくあみ》先生から頼まれちまいまして」

「黙阿弥先生……。おやおや、おめえ、今、芝居小屋に世話になってるのかい」

「違いますよ。ご存じでしょ、俺が今、どこにいるのかなんて」

「そうだったかね」

にやにやと清兵衛は相好《そうごう》を崩している。話を混ぜ返しているのが見え見えだった。

幾次郎は今、歌舞伎新報社にいる。

絵師時代の伝手《つて》で歌舞伎界隈と縁が深かった。それに、東京初の日刊新聞事業である東京日日新聞の立ち上げにも加わった経歴も手伝い、明治十年代半ばに歌舞伎専門の新聞社を設立する動きが起こった際、幾次郎は記者兼経営顧問格として招聘《しょうへい》された。

先に話が出た黙阿弥というのは、歌舞伎界ではこの人ありとまで謳われる狂言作者で、幕末期から今に至るまで、ずっと第一線で台本を書き続けている。河竹新七《かわたけしんしち》というそこまで大きくなかった名跡《みょうせき》を押し上げたのも黙阿弥だ。明治十四年、引退を宣言し、明治十七年に新七の名を弟子に譲《ゆず》ってからは、〝古河黙阿弥〟〝河竹黙阿弥〟と名乗り、引き続き新作を何本も書き上げている。

「で、その黙阿弥さんがどうしたってんだい」

「実は、歌舞伎新報社の目玉に、黙阿弥先生の書き下ろし台本を載せることになっているんですがね。いや、そのう……」

「はは―ん、なるほど。黙阿弥先生が一行も書いてくれねえってわけかい」

「御明察の通りで」

一般の新聞が歌舞伎の評判記を載せるようになり、これが人気を得たことで、唯一の歌舞伎専門誌である歌舞伎新報は差別化のためにも芝居の筋書の掲載に乗り出すこととなった。だが、この紙面は芝居小屋の反撥《はんぱつ》を喰らった。

『上演中の台本を公開されちゃ、商売あがったりだよ』

他社新聞とは違い、歌舞伎新報社は芝居小屋と縁が深いゆえ、小屋の意向を無視するわけにはいかない。しかし、人気記事である筋書の掲載はしたい。そんなせめぎあいに社内が苦しむ中、幾次郎はある提案をした。

『なら、作者さんに台本を書き下ろしてもらっちゃどうですかい』

芝居に掛かっていない新作なら、小屋の意向など関係ない。だが、今度は別の疑問が持ち上がった。上演されてもいない芝居の台本を読む奴がいるのか？だったら、と幾次郎は矢継ぎ早に続けた。

『人気者の先生にお願いすりゃいい。たとえば、黙阿弥先生とか』

かくして、河竹黙阿弥に書き下ろし台本の仕事を発注したのだが――。

黙阿弥は忙しい。芝居小屋付きではなく、自由な立場で様々な小屋からの依頼を受けて台本を書く黙阿弥は、数年後まで約束が埋まっているという。幾次郎は歌舞伎新報の編集人として、何度も黙阿弥にせっついているものの、待てど暮らせど台本が上がってこない。幾度となく本所《ほんじょ》の屋敷に催促に訪ねるうちに機嫌を損ねてしまったらしい。

『ぴいぴいうるさい奴だね。書いてほしいってんなら、何かいいネタを持ってきておくれよ。あたしがびっくりして目の覚めるようなやつだ』

と門前払いされ、幾次郎はこうして明治堂の清兵衛の許を訪ねたのである。

「ははあ、あの先生らしからぬ物言いだね。よっぽど切羽《せっぱ》詰まっているものと見える」

くつくつと清兵衛は笑う。

「いやはや、追いつめちまったのはこっちなんで、ほとほと困っちまって」

「でも、真面目だねえ、幾の字は。正面から黙阿弥先生のご希望に沿おうってんだから」

「俺ごときの接待じゃ、あの人は転びませんからね」

日本橋生まれの元座付き狂言作者となれば酒宴には事欠かぬし、幾次郎などよりよほど気の利いた小料理屋を知っている。慣れぬ接待では鼻で笑われるのがおちだ。だったら、黙阿弥をぎゃふんと言わせるようなネタを持って行って、「お約束通り書いてくださいな」と催促する方がよほどすっきり収まる。

「清兵衛さんは黙阿弥先生とは長い付き合いじゃないですか。先生の喜びそうなものもお分かりになると思って」

「おいおい、おめえだって先生とは長いだろう」

「知っているんですよ。清兵衛さんが、ずっと黙阿弥先生のネタ元だってことくらい」

清兵衛の顔が一瞬だけ強張《こわば》った。人の良さそうな顔が束の間無に変じ、仮面をかぶり直すように、また元の表情に戻った。

「買いかぶりってもんだ。あたしは、昔は版元、今は食い詰めて古本屋に転じただけの素人《しろうと》だよ」

「けど、旦那の選書眼は正しいはずだ」

絵師にとって実物の写生が大事であるように、良いネタは作者にとっての命綱である。だからこそ作者はネタ元を隠すものだが、劇界の巨人に隠し事などできない。清兵衛が黙阿弥のネタ元なのはもはや公然の秘密であり、ここのところ黙阿弥が忙しく、清兵衛の許に顔を出していないことも筒抜けである。

「清兵衛さん、あの人をやる気にさせるネタを俺に授《さず》けちゃくれないかい。黙阿弥先生が書いてくれないことには困っちまうんだよ、この通りだ」

神様、仏様、清兵衛様。手を合わせて幾次郎が頭を下げると、ふう、という短いため息が部屋に満ちた。

「いいでしょう。ま、これも商いってやつだ。手伝おう」

「本当ですかい」

「おめえとも付き合いが長いからね。元版元として、貸しを作っておきたいってのもある」

言葉に皮肉の色が混じっているように思えたのは、気のせいであったろうか。そんな疑問にかられる幾次郎を尻目に清兵衛は椅子から立ち上がり、のろのろと奥へ消えていった。しばし待っていると、清兵衛は一冊の本を携《たずさ》え、奥の暗がりから姿を現した。

「待たせたね」

また元の椅子に腰かけた清兵衛は、一冊の本をテーブルの上に置き、幾次郎の前に押しやった。

「こいつはどうだい」

目の前の本は、いわゆる草双紙といわれる戯作だった。この部屋の本棚一杯に並ぶ洋書のように、いつまでも残って欲しいという作り手の願いは感じられず、ただ、その場限りの娯楽、読み捨てされるものと割り切られているのが造りから見て取れる。

「これは？」

「戯作だよ。読んで御覧な。きっと、黙阿弥先生も喜ぶはずだ」

「それにしても清兵衛さん、今でも戯作も扱ってるのかよ」

煉瓦造りの二階建、外れとはいえ文明開化の中心地である新橋にある古書店で商うようなものとは思えなかった。だが、洋服に身を包む清兵衛は、にこりと微笑んだまま微動だにしなかった。

「まあ、昔取った杵柄《きねづか》さね。表向きは洋書の買いつけを商売の柱にしちゃいるが、今でも古本の形で戯作も扱っているのさ」

「ありがとよ、清兵衛さん」

懐《ふところ》に戯作を収めようとしたその時、清兵衛から制止の声が上がった。

「おいおい、読まずに受け取るつもりかい」

「は、何言ってるんだい。俺の仕事はあくまで黙阿弥先生にいいネタを渡すことなんだぜ。読まなくたって構いやしないよ」

「そいつはいけないよ。黙阿弥先生がそんなんで納得すると思うのかい。もしあたしが黙阿弥先生だったら、〝読みもしねえ本の真価が分かるのか、大した千里眼だな〟くらいの皮肉は言うよ」

身振り手振りを交え、いかめしい顔を張り付け、声を低くして黙阿弥の真似をした清兵衛を前に、思わず幾次郎は身震いをした。

「確かに、清兵衛さんの言うとおりだ」

「だろう」

顔を近づけ、にこりと相好を崩す清兵衛の顔が、なぜか黙阿弥のそれと重なった。目をしばたたかせる幾次郎をよそに、また立ち上がった清兵衛は続けた。

「そんなに長くないからすぐに読み切れるだろう。読んでる間に別の本も探しておいてやるから、ここで目を通しちまいなよ。んじゃ、あたしは奥にいるから、何かあったら呼んでくんな」

そう言い残すや、清兵衛は奥の暗がりの中に消えた。

一人、本棚に囲まれた部屋の中に残された幾次郎は、手に持ったままの草双紙をまじまじと見据えた。荒波に挑む船に乗った男と女を描き出している表紙絵は、輪郭線が歪《ゆが》んでいる。元々版がよくないのか、大量に刷って木版がへたったのか、そのどちらかだ。裏返して奥付を見ても、聞いたことのない版元の名前が付されている。一見したところでは、かつて粗製乱造と揶揄《やゆ》されるほど出された草双紙の一冊、という見てくれだった。もし版元の店先にあっても、手にも取らずに視線を外す類のものだ。

こんな本に価値などあるのだろうか。だが、あの黙阿弥が頼りにする清兵衛が選び取った本だ。何かあるに違いない。そう自らに言い聞かせ、ゆっくりと表紙を開いた。

だらだら祭りの頃に

きらびやかな着物には十年来縁がなかったというのに、最後の最後になって上等な小袖を着せてもらえるのだから、人生はままならない。

孤《こも》敷きの鞍をつけた馬に横乗りで揺られる花鳥《かちょう》は、着物の模様を見遣った。後ろ手に縛《しば》られていて袖は見えないものの、胸元から裾《すそ》にかけて大胆にあしらわれた牡《ぼ》丹《たん》の花は、錦のような江戸の町でも華やかに咲き誇っている。

馬《ば》首《しゅ》越しに前を見ると槍持ち徒士《かち》の姿がある。後ろには塗笠をかぶって馬に乗るお役人がいていかめしい顔で此方《こちら》を見上げてくる。道端を見遣れば、花鳥の姿に目を輝かせる男たちや、どこか羨望《せんぼう》の色を見せながらも顔をしかめる女たちの黒山の人だかりがあった。

これから打ち首になる。どんなに着飾ろうとも、どんなに男や女の視線を集めようとも、関わり合いのないことのようにしか思えなかった。それどころか、これから死ぬことも、いや、あるいは今こうして生きているということさえも、どこか他人事《ひとごと》のようだった。

花鳥は人々の流れの中に一組の親子連れを見つけた。父親と思《おぼ》しき若い男は、青葉のついたままの生姜《しょうが》を握っている。母親と思しき女は子供の手を取って笑い、子供は子供で曲げ物を三段重ねにしたようなお守りを手からぶら下げていた。その一家はこれから打ち首になる花鳥に気づくや、溝鼠《どぶねずみ》を見たような顔をして、そそくさとこの場から去っていった。

花鳥は空を見上げて、心中に浮かび上がった鈍い痛みをため息と一緒に吐き出した。

「もう、だらだら祭りの季節かい。叶うならもう一度、行きたいねえ」

花鳥は、その言葉に引きずられるがまま、昔のことを思い出していた。江戸に舞い戻った、三年ほど前のことを——。

久々の江戸の町を前に、何の感慨も湧かなかった。

花鳥は裏通りから表通りを窺《うかが》う。

中間《ちゅうげん》を従えて歩くお武家の姿がある。その一行にすれ違うように行く丁稚《でっち》の愚鈍な足取りに舌打ちしながら人々の間をすり抜けるのは、鯔背《いなせ》な大工。様々な身分の人々がごった混ぜになるこの光景を間近に見るのは、十二年ぶりのことだ。

花鳥はこれまでの日々を思った。この町を彩る一人だった頃は、肌にも張りがあったし体中に生気が満ち満ちていた。あまりに長く碌《ろく》でもない日々が私を変えてしまったのだろう、とがさついた頰を撫でた。

花鳥に向かってなのか、それとも独り言なのか、後ろの男がのんきな声を上げた。

「へえ、噂に聞いていたが、綺麗なもんだ。さすが花のお江戸」

花鳥はうんざりしながら後ろに隠れる男に釘を刺す。

「あのねえ、物見遊山《ゆさん》じゃないんだよ。それに――」

「わかってるって。俺たちは天下の凶状《きょうじょう》持ちだもんな」

この暑い最中だというのに、表地が黒で裏地が赤の袷《あわせ》をまとっている。これではまるで奴《やっこ》か役者だ。しかも道中差《どうちゅうざ》しと言い訳できそうにない朱塗りの刀を差して、その脇に漆《うるし》塗りの印籠《いんろう》までぶら下げている。江戸っ子の美徳がさりげなさを旨《むね》とする粋にあるとすれば、このあけっぴろげな立ち姿は野暮《やぼ》の一言だ。けれど、ぴんと通った鼻筋と団《どん》栗《ぐり》のように大きな目のおかげで辛うじて様にはなっている。

花鳥は苛立《いらだ》ちまぎれに金切り声を発していた。

「江戸には岡っ引きとか町方役人も多いんだから気をつけてよ」

「よく言うだろ？ 木を隠すなら森の中、ってな」

歯を輝かせる男の顔が憎たらしくて、つい皮肉をぶつける。

「そんな派手ななりした奴が言うんじゃ世話ないよ」

褒《ほ》められたと勘違いでもしたのか、男――喜三郎《きさぶろう》は鼻の下を指でこすった。

花鳥が歯嚙みしていると、喜三郎が顎《あご》に手をやりながら表通りに目を向けた。

「あとどれくらいで着くんだい。確かにおめえの言う通り、あんまり昼間の町を出歩くのは得策とは言えねえからな」

この男の言動をあげつらうだけ疲れる。

「あともう少しだよ。ま、あいつがおっ死《ち》んでなけりゃあね」

もう十二年だ。その間にあてが死んでいることだって十分にあり得るし、引っ越しているかもしれない。だが、江戸で頼れる筋があるとすればこれくらいのものだ。

いつまでも裏通りでぐずぐずしていても始まらない。己の重い足取りを励ましながら、花鳥は表通りに出た。

脚絆《きゃはん》をつけて、女笠をかぶり、三味線包みを抱えて歩く薄汚れた女。すれ違う者たちは旅芸者だと思ってくれるだろう、後ろに目立つ喜三郎さえいなければ。ただでさえ目を引く格好をしているうえに、道行く女が思わず振り返るような美形だ。前を歩いていても、自分の後ろに集まる視線が痛くてしょうがない。

なんでこの男と逃げる算段をしたのかと後悔してももう遅い。人でごった返す日本橋《にほんばし》界隈《かいわい》を早足ですり抜けて、懐かしき浜町《はまちょう》にまでやってきた。

変わっていない。花鳥は笠の縁を少し持ち上げた。

新大橋《しんおおはし》の近くにある浜町は大名屋敷や武家のお屋敷といった大邸宅が並び、その隙間《すきま》を埋めるように長屋が建っているような町だ。大名屋敷が潰されることは稀《まれ》だから、町の風景が変わらないのは道理だ。十二年前、女衒《ぜげん》に手を引かれてこの町を去るときに、今生《こんじょう》の別れとばかりに目に刻んだ街の風景が寸分たがわず眼前に広がっているのには己の変化を突きつけられた心地がして、苛立ちすら覚えた。

流れの淀む隅田川《すみだがわ》を右手に見ながら道を急いでいると、途中、夜の支度でもしているのか、十六文蕎麦屋が焚火《たきび》の脇で煙草《たばこ》をふかしていた。やはりその主人も喜三郎の風体に目を丸くしていた。

裏路地に折れる。表通りと比べればほとんど人に行き当たらない。表通りとは違って日差しはここまで降りてこない。顎にたまる汗をぐいと拭き、よく覚えているもんだ、と自分のことを褒めながら進むうち、懐かしい貧乏長屋の木戸が見えてきた。

普通、長屋といえば子供が走り回ったり女房連中が井戸端評定に花を咲かせたりしているものだが、随分とひっそり閑《かん》としていた。静かな長屋の路地を歩いていく。記憶を頼りに進むうち、花鳥の耳に木を削る乾いた音が飛び込んできた。

一生この音を聞くことはあるまいと思っていただけに、腹の底に澱《おり》が溜まっていくかのような吐き気に襲われた。

辻を折れると、音の主の姿が目に飛び込んできた。この暑いというのに日の当たるところに陣取って、ところどころ穴の空いた着流し姿。長細い一尺ほどの木を右手の小刀で削っている。削り終えた細長い棒——箸《はし》なのだろう——を二本、親指と人差し指、中指の三本を用いて握り、釣り合いを確かめるように動かした後、脇の山に加えた。時々足元にたまる木屑《きくず》をまとめ、短くため息をついてまた削り出している。瘦《や》せぎすで、白い髪の乱れた貧相な老人がそこにいた。

花鳥はつかつか老人に近寄ったが、どんなに近づいても老人が花鳥に気づくことはなかった。花鳥が背後に回って手元に影が差し、ようやく老人は手を止めて顔を上げた。

「何しやがんだ、手元が見えねえじゃねえか」

弱々しく文句を垂れる老人の目には、世間への恐れが滲《にじ》んでいた。

心が冷える。一生会うことはあるまいと定めて花鳥を記憶から追い出しているのだろう。

花鳥は老人の脇にあった箸の山を蹴飛ばした。けたたましい音が花鳥と老人の間を分かつ。

「な、何をするんだ。女だからって容赦しねえ……」

「あんたなら容赦しないだろうね」花鳥は老人を睨《にら》みつけた。「年端《としは》もいかない娘を遊郭に売り払ったんだ。酒代にするためにね」

呆然としていた老人はしばらく小首をかしげていたものの、やがて、あ、と声を上げた。恐怖と困惑の混じったような表情が浮かぶ。

「まさか、おめえはおふさ？　おふさなのか？　いや、でも、そんなわけはねえ。だってあいつは」

「その名前で呼ぶのは止めてくれないかい。あんたが私を遊郭に売り飛ばして、その名前を名乗れなくしたんだから」花鳥は声を冷たく響かせた。「今の私は花鳥。大坂屋《おおさかや》花鳥だよ、佐吉《さきち》」

実の父親のことを花鳥は呼び捨てにした。

一方の佐吉は、幽霊を前にしたように顔を青くして、唇を小刻みに震わせている。

「そ、そんなわけはねえ。だってあいつが、江戸にいるわけはねえ」

花鳥の後ろから、喜三郎がひょっこり顔を出した。

「おう爺さん、本当なんだよ。逃げてきたんだよ。八丈島《はちじようじま》からな」

「つまりそれァ、島抜けってェことかい」

「おう、すげえだろ」

稚気《ちき》じみた喜三郎の言葉の数々にうんざりとしながら、花鳥は付け加えた。

「とにかく、私はあんたの娘だよ。もし信じられねえってェなら、股《もも》のところにある黒子《ほくろ》を見せたっていい。八丈島から島抜けしてきたんだ。――まさかあんた、娘をもう一回捨てる気にはならないだろ？　あたしらを匿《かくま》ってもらうからね」

今生の別れとばかりに追い出した娘が戻ってきたからか、それとも島抜けの大悪党を匿うことになってしまったからか、佐吉の皺《しわ》だらけの顔は苦悶に歪んでいる。その狼狽《ろうばい》面を見下ろしながら、花鳥はどこか清々《せいせい》とした気分に包まれていた。

○

花鳥は、日本橋浜町の職人、佐吉の娘として生を享《う》けた。

佐吉は塗箸や塗椀の職人だった。大店《おおだな》の主人や大名家に納品されるようなものを作る一流の職人ではなく、江戸っ子たちの普段使いをこさえる、どこにでもいる職人の一人だった。儲《もう》かる商売ではない。貧乏長屋に暮らす他の職人たちと稼ぎは似たり寄ったりだ。そんな中でも、親子三人、肩を寄せ合って生きていた。

そんな日々は、花鳥が十三の時に終わりを告げた。

それまで真面目な働きぶりだった佐吉が酒に溺《おぼ》れ、仕事をまったくしなくなった。稼ぎ頭がその体たらくで家を保てるはずはなく、すぐに行き詰まった。

そこからは、絵に描いたような転落人生、溜まりに溜まった借財のかたに取られ、花鳥は吉原に売られた。あの日のことは忘れられない。市松模様の羽織をまとった中年男が長屋に現れて、佐吉に包みを渡し、花鳥の手を引っ張った。その手はごつごつとして硬く、ぬくもりというものを感じ取れなかった。その手に触れた時、きっと私は一生こんな手にしか触れることができないのだろう、という暗い予感を覚えた。

『もう諦めな。そうすりゃあ、楽しくもねえ人生でも、ちったあましになるだろうよ』

浜町外れの栄橋《さかえばし》を渡った辺りで、花鳥の手を引っ張る男――女衒――は、自分に言い聞かせるようにそう言った。

花鳥は吉原の遊女になった。男も知らぬ十三の少女。格子の向こうに覗く男たちの助《すけ》平《べい》な視線。遣り手婆に教わった、吉原の女としての化粧や男に気に入られる科《しな》の作り方。見世の主人のきつい叱責《しっせき》。どんどん、自分が自分でなくなっていくかのようだったが、そうなるにしたがって、お客がつくようにもなった。母の死んだ報《しら》せがやってきた時も、客の腕枕で眠っていた。

そうして一年ほど廓《くるわ》で働いた時のこと、ふと鏡を見たとき、花鳥は愕然とした。鏡の向こうにいたのは、浜町で幸せに過ごしていた町娘ではなく、死んだ目をして肩を落とす一人の妓《あそびめ》だった。いくら綺麗な着物をまとっていても、いくらお化粧が上手くなっても、いくら男たちにちやほやされたって、何もかもが嫌になるくらい空っぽだった。もしかすると、あの女衒の『諦めな』というのは、どうしようもないほどに虚《うつ》ろな自分を受け止めろ、という謂《い》いだったのかもしれない。

そしてある日、見世に火を放った。

やり方は簡単だった。吉原は不夜城だ。蠟燭《ろうそく》や行灯《あんどん》……、火には事欠かない。人がいないのを見計らって、紙燭《しそく》の火を障子に移した。

死んでしまいたかった。焼けてしまいたかった。空っぽの私なんて、藁束《わらたば》が燃えるのと一緒でしょう？　なら燃えたっていいじゃない。そう叫びたかった。

死ぬことができなかった。火はすぐに消し止められ、花鳥が障子に火を移すのを見ていた者があったらしく、奉行所に引っ立てられた。

火付けは死罪。火に巻かれて死のうが、火焙《ひあぶ》りで死のうが一緒だわね、と縄を打たれた花鳥はうそぶいた。

だが、奉行所でも死を得ることができなかった。

『大坂屋花鳥を八丈島送りとする』

お奉行様からそう言い渡された時、花鳥は叫んだ。なぜです、なぜ私を殺してくださらないのですか、火付けは死罪なのでしょう？　役人に取り押さえられながらも食って掛かった。

お奉行様はこう花鳥を諭《さと》した。

『お前が火付けをしでかしたのは十四歳の十二月。十五に満たぬ火付け者には、一等罪を減じる慣例があるのだ。それに――。お前は若い。まだやり直しも利くだろう。もう一度、生きてみよ』

お奉行様の説諭は甘い戯言《ざれごと》に過ぎなかった。

八丈島での暮らしは、想像を絶していた。江戸と比べれば冬は暖かく夏は暑い。凍え死にしないだけましというだけで、飢え死にとは常に隣り合わせだ。仮に島で飢饉《ききん》があったとしても、お上《かみ》は流人には何も施《ほどこ》してはくれない。皮肉なことに、女一人で生きていくための手はいくらでも知っていた。傾城《けいせい》として覚えた三味線に男への媚び売り。ほんの一つぼっちの握り飯を得るために春を売ったこともある。泥水を啜《すす》るようにして十年あまり島での暮らしを続けるうち、花鳥の心底に、恐るべき化け物が生まれつつあった。

化け物が花鳥に囁《ささや》く。

お前は許せるのかよ。お前をこんな境遇にまで追い込んだ野郎をさ。

許せるわけがないじゃないかい。道端で筵《むしろ》に包《くる》まりながら、花鳥は吐き棄《す》てた。

女衒にも遣り手にも、女郎屋の主人にも不思議と怒りは湧かなかった。あの人たちは自分の仕事をしていただけだ。確かに気に食わない人もいたけれど、赦《ゆる》せないことはない。けれど――。

酒で身を持ち崩して子供を売った、あの糞《くそ》野郎。あいつがのうのうと生きているのなんか、赦せない。二度と逢うことはない。でも、この島で怨霊《おんりよう》になってあいつを呪ってやろう。

心底に棲む化け物に餌をやり続けて、ついには心を占めるようになったころ、花鳥はある男に出会った。

『あんた、島でも噂の三味線弾きだっていうじゃねえか。ちょいと一曲頼めねえかい』

ちぐはぐさに思わず吹き出してしまった。なにせ、虚《こ》無《む》僧《そう》姿の男が洒脱《しやだつ》に声を掛けてきたのだから。

不思議に思いながらも、言われた通りに一曲弾いてやる。昔、廓で弾いていた曲だ。

『お、潮来《いたこ》節かい、懐かしいねえ』

そう言うや、虚無僧姿の男は一曲唄い切った。本当は他の曲を弾いていたのだけれど、そう言い出すことができないくらい、男の唄は澄み切っていた。潮来節は本来舟唄だから、荒々しくて勇ましい男の唄のはずなのに、男の繊細な声で唄われるその響きには、子守唄のような哀調が滲んでいた。

曲が終わった後、やけに悲しげに唄うんだね、と声を掛けると、男は、ああ、と息をついた。

『陽気な歌はこう唄う方が映えるってもんだ』

変な人。それが花鳥の持った感想だった。

男は、ふいに被っていた笠を傾けた。その時、花鳥は思わず息を呑んだ。笠に隠すには勿体ないその美形に目を奪われているうちに、男はぽつりと切り出してきた。

『俺たちは島抜けを練っているところなんだ』

星の運行も頭に叩き込んだ上、舟の漕《こ》ぎ手も味方に引き入れ、今のところ、男を入れて五人ほど仲間を集めているという。

『どうだい、一口乗らないかい』

これまで島抜けに成功した者なんていない。荒唐無稽にも程がある。けれど――、興味があって、花鳥は訊いた。

『何で私に声を掛けたんだい。女なんて糞の役にも立たないだろうに』

〝俺の女になれ〟とでも言ってくるつもりだろう。男なんてェのはそんなもん――。答えを先読みしていた花鳥だったが、男の口から飛び出したのは、まったく予想だにもしない言葉だった。

『おめえの三味線がありゃあ、何もない舟の上でも退屈しねえだろうしよ』

はは。思わず笑ってしまった。なんて能天気な野郎だろう、と。けれど、十二年ぶりに突き抜けるような青空が眼前に広がったような気分だった。気づけば、花鳥は男の名を訊ねていた。

『おう、俺は佐原《さわらの》喜三郎っていうんだ。よろしくな』

かくして、花鳥はこの喜三郎を首魁《しゅかい》とする仲間たちと八丈島から島抜けすることとなった。

右も左も前も後ろも青い海が広がっている。大波が来れば沈んでしまいそうな小舟に揺られながら、どこか花鳥は捨て鉢《ばち》な気持ちだった。死んだっていい。でも、もしも生きて向こうに渡れたのなら——。

喜三郎に乞われて舟の上で三味線を弾く花鳥の心中には、あの化け物が居座っていた。復讐しちまえよ。お前をこんな境遇に落とし込みやがった奴にさ。酒飲みたさに娘を苦界《くがい》に売った、碌でもねえ糞親父によォ。死ぬまでいびってやればいい。骨の髄までしゃぶりつくして、空っぽの骨を踏み割っちまえ。お前にはそれをするだけの理由があるだろう。

舟の上で喜三郎の唄う舟唄に三味線を合わせながら、まったく見えぬ江戸の町を睨みつつ、花鳥は心中の声に相槌を打っていた。

紆余曲折を経ながらも、花鳥は八丈島を抜けた。

○

「金頂戴よ、金」

萎《しお》れた草のように腰を曲げて刷毛《はけ》を握る佐吉に、花鳥は手を伸ばした。

「……何に使うんでえ」

「あんたには関係ないでしょうが」

芝居が観たい、そのために余所《よそ》行きの着物が欲しい、芝居を見た帰りに甘いものが食べたい、芝居の名場面を思い出したいから役者絵が欲しい。八丈島での暮らしが木綿《もめん》だとするなら、江戸は錦だ。けれど、その輝きに手を伸ばすためには金が要る。ただそれだけのことだ。

佐吉は刷毛を漆壺に立てかけ、懐から銭を出して花鳥の手に置いた。

「え、これっぽっちかい」

「仕方ねえんだ。今も昔も食器の職人なんざ儲からねえのが相場だからな」

「へえ、そんなご身分で酒を飲みまくって、娘を苦界に売ったわけだ」

佐吉の顔が歪む。一瞬怒りめいたものが顔に浮かぶものの、すぐに引っ込める。愉《たの》しくってしょうがない。悪いのは十割向こうだ。死ぬまで、虫の脚を一本ずつもぐようにして苦しめる心づもりでいる。

佐吉は震える手で懐に手を突っ込み、また何枚か銭を出した。

「これで勘弁してくれ」

「ひのふのみい……。まあいいわ。こんなもんで」

毎日こうやって搾ればいい金になる。

銭を中空に投げ遣って弄《もてあそ》びながら佐吉を見下ろしていると、喧《やかま》しい挨拶と共に喜三郎が長屋の中に入ってきた。花鳥と佐吉を見比べて、またか、と言わんばかりに顔をしかめる。しかし、それは一瞬のことだった。身をかがめる佐吉から痛々しげに視線を外し、花鳥に顔を向ける。

「今日、閑《ひま》かい？　ちょいと案内してほしいところがあるんでえ」

「案内？　どこへ」

「芝神明《しばしんめい》でえ。江戸に来たからには芝神明様にご挨拶ってえのは常道だろうが」

どこの田舎の常道なのか。そもそも、お尋ね者が外をぶらつくなんて不用心にもほどがある。と考え至って、自分も芝居小屋やら版元やらを覗こうとしていたことに気づいて、ばつが悪くなった。

不承不承ながら花鳥は頷《うなず》いた。

「いいよ。その代わり、甘いもんの一つでもおごってくれるんだろうね」

「合点」

話は決まった。履き物をつっかけ、嫌な空気が垂れ込める長屋を飛び出した。

日本橋浜町から芝神明まではせいぜい歩いて半刻、子供の足でも一刻ほどだ。東海道に出て品川に向かって歩いていくと増上寺の惣門《そうもん》が見えてくる。

「わあ」

花鳥は思わず声を上げてしまった。

惣門をぐるとすぐ見えてくるのは、真っ昼間だというのにごった返す屋台の列だった。風を受けてくるくる回る屋台の風車に子供が群がり、その少し奥の簪《かんざし》屋では、若い娘たちが棚の前で黄色い声を発しながら品を見定めている。そういった人々の波の向こうには、行灯を大きくしたような白くて四角い建物、芝居小屋がある。そして居並ぶ芝居小屋のさらに奥、人々の波間に鳥居の頭が見えた。

そのさまを眺めていると、喜三郎が、

「今日はお祭りでもあるのかい」

と素《す》っ頓狂《とんきょう》なことを言った。思わず花鳥は鼻で笑った。

「馬鹿だねえ。ここの祭りは九月だよ。それこそ芝神明のだらだら祭りは有名じゃないか」

喜三郎は不満気に顔をしかめた。

随分昔、親子三人で祭りを冷やかしたこともあったっけか。そんなことを、何とはなしに思い出す。あの頃はよかった。親子三人、賽銭《さいせん》箱の前で手を合わせたものだった。手が震えて合わせられねえ、と愚痴る佐吉のことを見遣りながら。

少し悲しげなおっ母、居心地悪そうにしている佐吉。そして、二人の顔を見比べる、花鳥。

花鳥は、首を振って昔の思い出を振り払った。

「とりあえず、神明様にお参りしちまおうよ。遊ぶのはそれからでも」

「ああ、そうだな」

顔を引き締めた喜三郎は人でごった返す参道をかき分けていった。

芝居小屋を抜けた辺りから、人込みは随分とまばらになった。ここに来ている連中のほとんどは花より団子の手合いらしい。

そう並ぶことなく、拝殿の前にまでやってきた。花鳥は参詣《さんけい》の列に加わることなく、遠くから列に加わった喜三郎を見遣っていた。一方、賽銭箱の前に立った喜三郎は、銭を一つ投げ込んで麻縄を引いた。この派手好みの男らしく、盛大に本坪鈴《ほんつぼすず》を鳴らして周りの人間を困らせ、大きく手を開いて何度も叩き、熱心に手を合わせたかと思えば、頭を下げてこちらへと戻ってきた。まるで柴犬のように目を輝かせながら。

「おう、待たせたな」

「やけに熱心に祈ってたね。なんかお願い事でもあったのかい」

頬を掻《か》きながら、喜三郎はくすぐったそうに笑った。

「親父の病気が治りますようにって手を合わせてたんだよ」

「ああ、あの親父さん、ね」

島抜けしてすぐ、花鳥は喜三郎の父親である武右衛門《ぶえもん》に逢っている。流れ着いた鹿島《かしま》の浜から江戸まで出るにあたって、喜三郎の故郷である佐原は途中地点に当たるからだ。島抜けに参加した六人の内、三人は途中で巻き込まれた嵐で行方知れず、残った一人も奥州《おうしゅう》の実家に戻ると言い出して別れたから、喜三郎との二人旅となったのだった。

佐原で出会った武右衛門もまた変な男だった。

『喜三郎、戻ったのかあ。済まないねえ、済まないねえ……』

喜三郎が何をして流罪になったのかは知らないが、打ち首一歩手前の罰を食らっている以上、碌でもないことをしでかしたに決まっている。だというのに、この父親は涙を流し、島から逃げてきた息子を迎えた。黴臭く、抹香《まっこう》臭い蒲団《ふとん》に横たわりながら。

父親の手を甲斐甲斐《かいがい》しく握る喜三郎の横で、花鳥は驚くほど冷ややかに武右衛門の命数を数えていた。枕元に転がる薬の数々。口元の涎《よだれ》。そして、垢《あか》じみておらず家の者がしっかり取り替えているであろう寝間着とは裏腹に漂う魚の腐ったような臭いは、島で暮らしていた十年あまりで幾度となく嗅《か》いだものだ。

喜三郎も短いとはいえあの島での暮らしを見ているはずだ。だというのに、この男はまるでその死の臭いに鈍感であるらしい。

凶状持ちの息子をあんなにありがたがる武右衛門の心根《こころね》も、不孝息子のくせにこうして親のために諸病平癒《へいゆ》が御利益の芝神明に足を運んで手を合わせる喜三郎の心の内も、どっちもよくわからない。少なくとも、花鳥の空っぽな心の中には持ち合わせがない。そして、きっとこれからも芽生えすらしないものだろう。

「よくぞまあ、手前が大変だってのに父親のことなんざ心配できるもんだね」

喜三郎は目を大きく見開いた。

「親子ってのはそういうもんだろ」

お前の方が変なんだと言われたような気がして力なく笑っていると、喜三郎が、そういやあ、と切り出してきた。

「おめえはこれからどうする気だい」

きっと目を向ける。すると、塩で揉まれた青物のように萎れながらも、喜三郎は続けた。

「おめえはここにいねえほうがいいんじゃねえかな。いや、出過ぎた物言いだってェのはわかってるんだがよ、おめえとあの親父さんが一緒に暮らしてたら、おめえも親父さんも不幸になる気がするんだよ」

だってそれが目的なんだもの。その言葉が口から出かかって、寸前で止めた。本音を吐き出したその時に、自分がとんでもなく残酷な人間だと認めてしまう気がした。

「あんたには関係ないだろう」

「関係ねえことはねえよ。――実は、下関《しものせき》とつなぎができてね」

本当だったのか、と花鳥は呟いた。これまでのことで喜三郎の田舎やくざっぷりに気づかされてからは、半ば法螺《ほら》だったのだろうと諦めていた。

江戸に出てきたのは、潜伏するためではない。

始まりは喜三郎のこんな言だった。

『知り合いに、下関に一家を持っているお人がいてな。昔、意気投合したんだ。あの人だったら、俺のことを客人として扱ってくれるはずだ』

　佐原でこの話を聞いた時には真実味があった。佐原逗留中、喜三郎を訪ねる客の姿が絶えなかった。仁義を切って首《こうべ》を垂れる流れ者に小遣いを惜しげもなくくれてやる喜三郎の姿に、光明を見なかったといえば嘘になる。

「江戸に、そのお人の知り合いがいるんだ。その人を通じて助けてほしいって文を書いた。そしたら、下関までやってくればどうとでも面倒を見てやるってお返事でえ。街道沿いの親分さんに紹介状まで書いてくれた。あとは八州廻りに見つからなけりゃあ逃げ切れる」

　下関。悪くない。島流しに遭った人間は死んだも同然、どこにも縁などありはしない。縁なき渡り鳥はどこに流れても新天地。どこで羽を休めようが一緒だ。

　喜三郎は耳を赤くしながら、続けた。

「なあ、おめえ、俺と一緒に来ないか」

　涼風が二人の間を吹き抜けていった。その間を埋めるように喜三郎はたどたどしく続ける。

「俺としても、おめえと一緒なら楽しいんだよ。おめえだってそうだろ？　もし関所のことを心配しているなら安心しろ。目こぼしの蔓《つる》くらい用意できる。だから――」

　吉原なんていう色町にいて、島流しに遭ってからも女を武器にして生きてきた。だからこそ、男が色の気配を振り撒《ま》くときに見せる滑稽さには時々微笑ましくなる。女に比べて、男のそれは嫌になるくらい真《ま》っ直《つ》ぐで、どぎつい。

花鳥は短く笑った。

「喜三郎さん、わかってないね。私ァね、あんたにこう言われて島抜けしたんだ。〝おめえの三味線がありゃあ、何もない舟の上でも退屈しねえだろうしよ〟って。もし、今のあんたがあの時と同じことを言ってたら、ついて行ったかもしれないってのに」

「え、それァ一体……」

「駄目だよ。一世一代の大博打《ばくち》をしくじるような人について行くほど、私は向こう見ずじゃないよ」

目の前にいる男は、花鳥に決して怒りを向けなかった。もしかしたら腸《はらわた》が煮えくり返っているのかもしれないが、それを見せないだけ、喜三郎はいい男だった。

「――まあいいや。おめえより腕のいい三味線弾きはいねえけど、東海道を巡っていくうちに、それなりの奴は見つかるわな」

「急旅なのに嫁探しとは悠長なこったね」

「追われる旅でも、三味線の音色は恋しくなるんだ」

「そうだったね。あんたはそういう人だ」

「おうよ。ま、できりゃあおめえの三味線がよかったがね」

頷いた喜三郎は花鳥の前をすり抜けて、参道へと歩いていった。しばらくその後ろ姿を目で追っている花鳥だったが、そのうち前を歩く喜三郎が、

「おい、なんかおごってやる約束だっただろうがよ。早く行くぞ」

明るい声を掛けてきた。

「今行くよ」

履き物を鳴らしながら、喜三郎の後に続く。そうして追いついたその時、喜三郎は
「いろいろやらなくちゃならねえことがあるから、あとひと月はこっちにいなくちゃならねえ」と、名残惜《なごりお》しそうに言った。

鳥居の下にある太々餅《だいだいもち》屋の暖簾《のれん》が、秋の風にはためいていた。


「どういうことなんだい、なんでこんなことに」

ある日の芝居見物の帰り、長屋へと戻った時のことだった。部屋の中は、茶碗や壺の破片が散乱し、商売道具の小刀や、商家に納入する箸束がしっちゃかめっちゃかに床に踊っていた。嵐の通り過ぎたような部屋の中で、佐吉が一人、下を向いて座っていた。

「何があったってんだい。何とか言ったらどうだよ」

肩を揺さぶって、石地蔵のように口を結ぶ佐吉に問いかけた。見れば、佐吉の顔には痣《あざ》がある。肩を摑んで揺さぶっていると、しばしの逡巡の後、佐吉は口を開いた。

「喜三郎が、奉行所に引っ立てられた」

訥々《とつとつ》とながら、言葉を選ぶように口にするところによれば――。

花鳥が芝居を見に行っているときのこと。佐吉と喜三郎は道を連れ立って歩いていた。

江戸を案内してくれ、と言われた佐吉が喜三郎を先導していたのだという。と、突然佐吉の肩が叩かれた。振り返ると、房付き十手《じって》を懐から出す黒羽織のお侍と、その後ろに控える柄《がら》の悪い連中の姿が目に入った。

黒の巻羽織の中年侍が、房付き十手を示した。

横におるのは、佐原喜三郎なる博打打ちであるな。神妙に縄につけ。

ちっ。しゃあねえなあ。

その時、こう喜三郎は啖呵《たんか》を切ったという。

『この人とはたまに将棋を打つだけのお仲間なんだよ。断じてこのお人は関係ねえ。そうさ、俺が佐原喜三郎だよ。さあさ、捕まえな』

神妙に喜三郎は引っ立てられていった。

事はそれで終わらなかった。その場に残った飢犬のような目明しが、房なし十手を弄びながら佐吉をねめつけてきた。

『喜三郎の奴はああ言うが、俺たちは疑うのが稼業でね。悪いが家探しさせてもらうぜえ』

長屋までやってきた目明したちの捜索は苛烈を極めた。空の壺を割り、貧相な道具箱を蹴散らし、床板まで剝《は》がしにかかった。そして何も隠していないことが明白になると、『余計な汗をかいちまった』と吐き棄て、意気揚々と長屋を後にしていったという。

佐吉が顔を歪める前で、花鳥は目明しの暴虐に感謝すらしていた。

花鳥は目明しのしでかした乱暴を頭の中で思い浮かべた。壺を割り、商品の箸を蹴り飛ばす目明し。きっと佐吉はすがってでも止めただろう。ご無体《むたい》な、ご勘弁下せえ、と。そして嗜虐《しぎゃく》の愉しみに目覚めている目明しは、うるせえ、と殴り飛ばしたことだろう。きっと、己の嗜虐心を正義感にすり替えて、やりたい放題壊して回ったのだろう。いい気味だ。心底に棲んでいる化け物が嗤《わら》う。

一方で、喜三郎への憐憫《れんびん》の情も浮かんだ。

九月のことだから、二人で芝神明に行って一月ほど後だろうか。佐原から遣いがやってきた。その遣いは、手短に用件を告げて去って行った。

遣いが帰った後も、喜三郎は愕然としていた。

『親父が、死んだ……？』

七月の終わりにはすっかり衰弱して、枕元には死神が座っていた。武右衛門は花鳥たちが江戸に発ってすぐ、八月の頭に死んだらしい。

武右衛門の死は、喜三郎の生への渇望をも奪ってしまった。

かつては用事のないときには出歩くことはなかったのに、その日を境にぷらっと表に出ていって、夜中酒臭い息で戻ってくるようになった。さすがに目に余って注意しても、『俺の苦しみは俺にしかわからねえ、わからねえんだ』と酒臭い息を吐きながら逆に嚙みついてきた。

酒に身を持ち崩しかけていた喜三郎のことを救ったのは、意外にも佐吉だった。ある日、顔を赤くして帰ってきた喜三郎のことを突然殴りつけた。『なにしやがんだ』と気色ばむ喜三郎だったが、佐吉は涙を流しながら喜三郎に馬乗りになって殴りつけ続けた。そんなことがあってから、喜三郎の酒癖は随分静まって、二人で将棋を指したり、喜三郎が佐吉の稼業を手伝ったりしながら過ごすようになった。そんな矢先のことだった。

島抜けをした人間にどんな裁きが下るかなんてわからない。だが、島送りよりも軽いお咎《とが》めとなることはないだろう。よくて打ち首、悪くて磔。いずれにしても、先には死が待っている。

火付けをした時分には、若いからと罪を一つ減じてもらえた。けれど、今はもう二十五。慈悲《じひ》にはすがれまい。

喉が渇いた。怒りばかりが湧く。

花鳥は正座して下を向いたままの佐吉を睨んだ。

「……金頂戴よ。金だよ金。酒でも引っかけてこないとやってられないよ」

無言で佐吉は懐から銭袋を出して、そのまま手渡してきた。すっかり疲れ切り、左目の周りに痣の浮かぶその顔には、元より花鳥に抗うだけの気力は滲んでいなかった。

「はいはい、ありがたく使うとするわ」

銭入れに使っている巾着袋を振り回しながら、喜三郎の気の早い弔《とむら》い代わりに呑みに出た。

どうせ、私だっていつかああなっちまうんだから、今を楽しまなくちゃ馬鹿を見る。

花鳥はどこか、捨て鉢な思いの中にいた。

「いや」

いつものように、花鳥は手を伸ばした。その先には当然佐吉がいる。しかし、いつもなら何も言わずに銭をくれるはずの佐吉が、この日に限っては渋った。

「金、頂戴よ」

「断るのかい。あんたが！」

心底の化け物が騒ぎ始める。お前のことを売った男が居直ろうとしているぞ。もういいだろう、って悲鳴を上げているぞ。許してなるものか。勝手に酒で身を持ち崩しておっ母とお前を追い込んでおいて、のうのうと生きている男を——。

喜三郎が捕まって早二年が経とうとしている。だというのに、花鳥の許に目明しは現れなかった。喜三郎が奉行所の調べに対して『花鳥は島抜けの時に海に落ちて死んだ』と答えていると風の噂で耳にした。自分の悪運の強さに驚かされるのと同時にうんざりとしたというのが本音だった。捕まえてくれてもいいのに、という投げやりな思いが花鳥を蝕《むしば》んでいた。

島抜けの時分には二十五だった女は、二十七になっていた。

二年あまりの島抜け暮らしは花鳥から大事な何かを奪っていった。唯一顔を合わせる佐吉を苛《いじ》め抜く。ただ、佐吉を苦しめたいがために、飯がまずいと難癖《なんくせ》をつけて居酒屋の芋煮を買いに走らせたり、遊びに行きたいと駄々をこねて小遣いをせしめたりしていた。

この行ないが自分の心に澱を溜めることに気づいたのは、ごくごく最近のことだった。その時にはもう遅かった。心底に棲む化け物は他人への害意を糧《かて》にして肥え太り、もはや心は化け物に占められてしまっていた。わずかばかり残っていた人間らしい心も、すっかり肥えた化け物の腹の下で悲鳴を上げている。

佐吉を苛めても、もはや花鳥に高揚はなかった。あるのはただ、己の醜い心根に覚える吐き気だけだった。

それでも、目の前の老人をいたぶる手を止めることができない。

すっかり萎《な》え切った佐吉は、しおらしく下を向いたままで、絞り出すように意外なことを口にした。

「なあ、芝神明に行かねえか」

「芝神明？　ああ、今は――」

そういえば、季節の移ろいを見過ごしていた。もう九月、芝神明のだらだら祭りの頃だ。

「あんなもんに行きたいのかい」

佐吉は、はっきりと頷いた。どこかよそよそしく、怯《おび》えたように目を泳がせながら。

そういえば、喜三郎に〝一緒に下関に逃げないか〟と誘われたのも芝神明でのことだった。

遠い昔、親子三人で芝神明に参ったわずかな思い出が頭をかすめた。思えばあの頃は、何もかもが錦みたいだった。

詮無《せんな》いことだというのはわかっている。それでも何かにすがらずにはいられなかった。

「――行くよ。連れていけばいいんだろ」

すっかり佐吉も老いた。遠出ができないくらいに足腰が弱り、手足にも痙攣《けいれん》が出始めている。かつて、花鳥が苦界に押し込まれる直前にかかっていた佐吉の酒毒がぶり返したようでさえあった。今、どこに行くにも人の手を借りなくてはならない。

不承不承ながら、花鳥は佐吉に手を差し出した。佐吉の手は硬くてひんやりとしていた。

大人の足なら半刻余り。楽な道のりのはずなのに、足が震える佐吉を伴ってでは一刻半かかった。

芝神明は、あの日と同じく花鳥たちを出迎えた。

いつぞや喜三郎と来た時も人でごった返していたが、祭りの今はその比ではない。惣門をくぐる前から露店が出張って芝神明名物の生姜を売っていて、人々が群がっている。だらだら祭りはその名の通り、十一日もの長きに亘って続く芝神明の例祭だ。それでも参詣人の足が途切れることはない。

佐吉は、拝殿に行く、の一点張りだった。

そうかい、と短く答えた花鳥は佐吉を伴って、参詣人でごった返す惣門近辺を抜け、惣門奥にある見世や芝居小屋で人がやかましい一角も素通りした。この日は祭りとはいっても、特段何か大きな祭事がなされているでもなかった。拝殿前の広い境内は、もちろん人は多かったものの参道の賑《にぎ》わいと比べれば幾分かましではあった。

「手を合わせたいんだ」

「無理だよ。あんたをそこまで連れていくのは誰だと思っているんだい」

「頼む」

押し問答を何度か繰り返すうちに、馬鹿馬鹿しくなって花鳥が折れた。

佐吉の後ろ帯を掴んで、拝殿の前へ向かう。貸した肩が重い。九月とはいえそう寒くはない。背中に汗の嫌な感触が走る。

花鳥たちの前に、大きな白木の拝殿が待ち構えていた。賽銭箱の前に我先にと群がる者たちの姿もある。だが、参拝客の中に、不穏な気配を放つ連中の姿があるのを花鳥は見逃さなかった。

黒の巻羽織に一本差しの刀というなりをしたお侍が境内の隅にたむろしている。見れば、いやに目が鋭く、頬や顎に古傷のある男たちが花鳥の顔を見て目配せをしている。気づけば、それらの男たちは遠巻きに花鳥を囲み、少しずつ間合いを狭《せば》めている。

花鳥は横の佐吉の顔を見た。

佐吉はいたたまれぬ顔をして、下を向いていた。

この時、花鳥はすべてを悟った。息をつき、即座に地面を蹴った。

人ごみをかき分ける。怒号が容赦なく浴びせられてもものともしなかった。参拝客に不似合いなどすの利いた怒鳴り声も聞こえたが、振り返る余裕はない。懐剣の柄《つか》を握りながら、花鳥は追手の伸ばす手を躱《かわ》し、縫うように人の間を駆けてゆく。

親に売られた。一度ならず二度までも。

生姜の香りが漂う参道を抜ける花鳥は奥歯を鳴らした。口元から血がしたたり落ちるのをそのままに、大鳥居をくぐった花鳥は江戸の雑踏にその身を溶《と》かした。


一月あまり後の朔日《ついたち》の夜、花鳥は浜町に戻った。

ほとぼりを覚ますために、花鳥は江戸外れの貧民長屋に身を潜めていなければならなかった。銭湯どころか髪結にも行けず、異臭を放った髪は鬢《びん》が乱れ、脂でべたついている。だが、八丈島での日々よりはましと自らを慰《なぐさ》め、新月の闇の中、人の目を避けながら裏路地を進んだ。

怒りに手を震わせながら、懐剣の柄を握る。

二度までも己を売った男を、許すことはできなかった。

すぐに見慣れた佐吉の長屋前に至った。夜には木戸は閉じられているはずだが、この長屋は不用心にも破れ塀から中に入ることができる。そこから這入ればいいと考えていたものの、その日に限って観音開きの木戸が片方開いていた。わざわざ破れ塀をすり抜ける必要がなくなった。花鳥は木戸をくぐり、路地を歩くと佐吉の長屋の戸に手を掛けた。夜だというのに心張棒《しんばりぼう》がかかっていない。難なく戸が開いた。

その時だった。真っ暗な長屋の中から、聞き慣れない男の声がした。

「誰だ」

この時になって、ようやく奉行所の役人が張っているかもしれないと思い至った。と同時に、そんな先回りができぬほど、復讐の念で凝《こ》り固まっていたことにも気づかされた。

目が暗がりに慣れるうち、長屋の中の様子が浮かび上がる。

部屋の真ん中に敷かれた、盛り上がった蒲団。その蒲団の傍らには、四角い箱を携えた細身の中年男が座っている。鼠《ねずみ》色の羽織をまとう頭を丸めたお人は、腕を組みながら蒲団に横たえられた男の顔色を行灯の明かりを頼りにうかがっている。

禿頭《とくとう》の男は、智の光を目に秘めたまま、花鳥に向いた。

「娘か」

お役人ではなさそうだ。そうだ、と答えると、男は医者だと名乗った。

「医者？　なんで医者がここに」

「呼ばれたのだ」

医者が言うには、二日ほど前、佐吉が井戸端で倒れ、長屋の連中に頼まれてずっと看病しているのだという。金の出どころはどうなっているのかと気になったが、医者自身

が、

「困っている者を放っておけなくてな。医は仁術ゆえ、こうして面倒を見ておる」

と隈《くま》の浮いた目をこすりながら、疲れた声を発した。

部屋の中に上がり込んだ花鳥は蒲団に包《くる》まる佐吉の顔を見下ろした。口をあんぐりと開け、涎を垂らしている。

「お医者さん、どうなんだい、様子は」

「重い卒中であろうな。長くはあるまい」

医者は沈痛なため息をついた。匙《さじ》を投げるとはこういうことを言うのか、とどこか花鳥は他人事のような感想を持った。

「ちと水を汲みに行ってくる。見ていてくれぬか」

暗い声を発した医者は表へ出ていった。

天井を濁った眼で見上げる佐吉を、花鳥は見下ろした。

不思議だった。あれほど憎くて仕方がなかったのに、いざ自分の父親があの世に足をかけているのをみると、霜枯《しもが》れした花のように心がしおれていくのを感じる。それでも、わずかに心中に残る化け物を奮い立たせて懐剣に手を掛けたその時、佐吉はうわ言を口にした。

「お、ふさ……」

ずいぶん懐かしい呼びかけに毒気を抜かれて、枕元にへたり込んだ。

蒲団の中から佐吉が手を伸ばし、震える手で花鳥の頭を一撫でした。温かな手の感触が、凍りついた花鳥の心を少しだけ揺るがす。

「今更、父親面なんてするんじゃないよ」

二度も子を売った親だ。碌なものではない。溶けかかった心をまた凍らせようと構えた花鳥であったが、続く佐吉のうわ言で、その機を逸してしまった。

「ほら、おふさ、買ってきたぞ……。千木筥《ちぎばこ》だ……」

花鳥の感情が溢《あふ》れ、零《こぼ》れた。

佐吉が見ているのは、昔の光景なのだろう。

あれは十三の時のこと。女衒に引っ張られて吉原の籠の鳥となる直前のある日。おっ母と佐吉と花鳥の三人で、だらだら祭りに行ったときのことだ。

この頃、家の中はめちゃくちゃだった。佐吉は毎日のように飲んで歩いては借金をこさえてきたし、おっ母はそんな佐吉のことを叱りもせず、ただ悲しげに目を伏せるばかりだった。十三の花鳥は、突然冷え込んでいく二人の関係に戸惑い、怒り、そして悲しむことしかできなかった。その中での三人での外出だっただけに、うれしさ半分、困惑半分だったのを今のことのように覚えている。

芝神明にやってきて、境内を歩いていた頃はぎこちなかった。けれど、酒に手を震わせる佐吉が突然屋台の列に飛び込んで、あるものを花鳥に寄越すと、ぎこちない気配が緩《ゆる》んだ。おっ母は『よかったねえ』と笑い、佐吉もはにかみながら後ろ頭を掻いていた。

佐吉が渡してきたのは、曲げ物を三つ重ねたような形をした小物だった。

花鳥の手の中で、その小物は、からから、と音を立てた。不思議そうに見やっていると、佐吉はぶっきらぼうに答えた。

『千木筥だ。一生着るものに困らないって触れ込みのお守りだよ』

『ありがとう、おっ父』

千木筥を貰《もら》ったお礼だっただろうか、それとも、場の空気を和《なご》ませてくれたことへの感謝だっただろうか。もう、覚えてはいない。

二十七の花鳥が、死にゆく佐吉に声を掛ける。

「千木筥……、か。うそつき。結局私ァ着るものにも困る有様だよ。でもね、あの日のことを思い出すと、心の芯に春の日が差すような心地がするよ」

一瞬、佐吉と目が合った気がした。

瞬《まばた》きをする間に、佐吉の体から力が抜け、額《ひたい》に乗せていた手ぬぐいが音もなく落ちた。目を見開いて、濁った眼を天井に向けている。

おやおや。花鳥は震える声を詰まらせながらも、殊更に明るい声を発した。

「最期まで他人に迷惑かけるつもりかい。目を閉じるのも忘れちまうなんて。本当に粗《そ》忽《こつ》でいけないねえ」

ため息をついた花鳥は、歪み始めた視界の隅で、己の父親の死に顔を捉えた。

脳裏に、祭りの真ん中ではしゃぐ親子三人の姿が浮かぶ。父親と母親、両方に手を繋《つな》がれて交互に両親の顔を覗き込む女の子。もう、どこにもいない親子三人の、楽しげで、哀しげな後ろ姿だった。

「さよなら、おっ父」

花鳥は、いや、おふさは、顔に掌《てのひら》を被せて、ゆっくり佐吉の瞼《まぶた》を閉じた。

一読してテーブルの上に草双紙を置いた時、自らの手が震えているのに気づいた。この震えが怒りによるものだと悟るのに、しばしの時間を要した。

なんだこれは。

思わず口をついて出そうになる悪態を、やっとの思いで呑み込んだ。

洋書に圧《お》し潰されそうになっている部屋の真ん中で息をついていると、奥から清兵衛が戻ってきた。

「おや、読み終わったかい」

清兵衛の口ぶりがあまりにものんびりとしたものだっただけに、幾次郎は苛立ちを隠すことができなくなっていた。

「どういうことですか。なんでこんな本を……」

清兵衛はぽかんと口を開けた。何か問題でもあるか？　そう言いたげだった。

「なんだい、そんなきいきい言わんでおくんなよ」

「おかしいじゃないですか。なんですかこりゃ。まるで考証がなっちゃいない」

特に挿絵《さしえ》がいけない。名のある絵師なのか、美しく悲しい女の市中引き回しを鋭い筆致で描いた一枚絵は目を引いたものの、間違いがある。挿絵の花鳥は馬に横乗りしているが、実際の市中引き回しは女といえどもまたがる形になる。天保生まれで女の引き回しを見たことのある幾次郎からすれば、度し難いしくじりだ。

その旨を述べると、清兵衛はまるで子供の我儘《わがまま》を見るような優しい目つきで幾次郎を見やった。

「ああ、間違ってるねえ。でもこいつァ、絵描きの失敗じゃないよ。よく見てごらんな。本文でも横乗りしているような書き振りだ」

「本当だ」

どういうことだ？　幾次郎が首をかしげていると、清兵衛はけらけらと笑った。

「単純に、見栄えの問題だろうよ。女が足をおっ広げているのがきれいじゃないって考えた戯作者が、そうしたってだけのことだろ」

「なら、まだいいんですけどね」

ふと、幾次郎の頭に過去の記憶が過《よ》ぎる。売れたかったら綺麗に描いてやれ。客が見てえのは綺麗なものなんだからよ――。そんな、遠い昔に聞いた師匠の野太い声が、耳の奥に響き続けた。

「でもよう、そこまで分かってるのに、なんで清兵衛さんはこんなものを……」

「そんなに悪い話じゃないだろう。確かにこの話には小さな傷があるかもしれないが、なかなか読ませてくれる。親子のどうしようもないすれ違いを書いているあたりなんざ、泣かせるじゃないか」

「そこを認めるのはやぶさかじゃありませんよ。でも、清兵衛さんは今の歌舞伎の現状をご存じないから……」

「何言ってるんだい。活歴《かつれき》ものに明治見巧者《みごうしゃ》に演劇改良運動だろう。それくらいのこと、あたしの耳にも入っているさ」

ぐうの音も出ず、幾次郎はテーブルに目を落とした。

嘉永から慶応の頃、歌舞伎界内部で小さな動きが勃興《ぼっこう》した。これに着目し、明治に入って〝舞台〟に引き上げた大看板が、九代目市川團十郎《いちかわだんじゅうろう》であった。

『これまでの芝居はあまりにも筋が荒唐無稽、時代考証がいい加減ゆえ、これを改め、学者の知見も取り入れた〝正しい〟芝居を模索したい』

九代目團十郎の大見得《おおみえ》に、芝居関係者や贔屓客《ひいききゃく》は軒並み失笑を洩《も》らした。そもそも歌舞伎は江戸庶民の娯楽であり、教養ある者は見向きもしない。ゆえに歌舞伎は庶民の鬱屈《うっくつ》を昇華させるべく、荒々しく、時にはご都合主義であってでも庶民に寄り添おうとしていた。実際、九代目團十郎の模索した歴史劇は正確なのはいいが難解で、客を置いてけぼりにしていた。客たちはいつからか、九代目團十郎の芝居を〝活歴もの〟と呼んで小ばかにした。

そんな下々の動きとは別に、お上も芝居に目を向け始めた。江戸から東京に名が改まり、この国の頂点に君臨するようになった新政府は、庶民への締め付けを始めた。その中の一つに、芝居への圧力がある。明治五年に淫蕩、荒唐無稽、風紀紊乱《びんらん》を招く内容の芝居の自粛とともに、勧善懲悪を称揚する芝居を上演するよう芝居小屋に通達してきたのである。また、明治十年代の終わりには当時の宰相である伊藤博文の肝煎《きもい》りで、歌舞伎を西洋列強の目にも耐えうる高踏的な芸に改造せんと企図する演劇改良会なる組織をぶち上げた。九代目團十郎もこの動きに合流し、〝活歴もの〟は国策の〝演劇改良運動〟に取り込まれることになった。

新聞という新しい媒体の誕生が、演劇改良運動を後押しした。これまでの歌舞伎を旧弊の側に押し込め、新たな芝居を模索すると息巻く演劇改良会を支持する社説を掲載し、さらには、あの芝居の筋が粗悪だ、あの芝居のあの所作に意味はあるのか、これは実際の歴史を参照しているはずだが史実はこうではない、などの劇評が掲載されるようになった。演劇改良運動に乗っかった劇評家たちを〝明治見巧者〟などと旧来の芝居贔屓は蔑《さげす》んでいるが、今や小屋は明治見巧者たちの発言力を無視できなくなっている。

おかげで現在、芝居の台本は時代考証にいちいちうるさくなり、現場では『こんなんじゃ学者に台本を書いてもらった方がいいんじゃないか』とぼやく声も聞かれる。

この現状は歌舞伎の為にならないと幾次郎は思っている。例えば『仮名手本《かなでほん》忠臣蔵《ちゅうしんぐら》』は表向き室町期の話だが、実際には将軍綱吉《つなよし》の頃の赤穂《あこう》事件を材に取っている。これは時代を偽ることでお上の差し止めをかわしたもので、歌舞伎の融通無碍《ゆうずうむげ》さがもたらした成功だと言えるだろう。

だが、世の中がいい加減さを許さなくなっている。

そんな現状を知りつつも、時代考証のなっていない本を選んでくる清兵衛の心の内が、幾次郎にはどうしても分からない。

なおも柔和に微笑み続ける清兵衛は、手に持っていた本を幾次郎の前に置いた。その本はやはり和綴《わと》じの戯作、今度は上半身をはだけた女と、老いさらばえた男が一枚の絵の中に納まっている。

「次はこちらだ。また読んでおきなさいな。次の一冊、選んでおくから」

奥に消えていった清兵衛の背中には有無を言わせぬ力があった。

反論する機を逸してしまった幾次郎は、次の一冊の表紙を開いた。

雲州下屋敷の幽霊

暗い部屋の中、蠟燭《ろうそく》の炎が揺らめいている。

袖や衿《えり》から竜の刺青《ほりもの》を覗かせる男は、畳針のように太く長い針の先をしばらく火で焙ったのち、窓にかざして目を細めた。納得がいかぬのか、小首をかしげ、手元のやっとこや砥石《といし》で針先を整えて、またその先を炎に差し入れた。厳《おごそ》かな儀式にも似た仕草を繰り返すうちに、ようやく男は短く頷《うなず》いた。

その男の傍らには、上半身をはだけてうつ伏せに横たわる女の姿がある。軽く結った髪の毛を脇に流し、枕に手を重ねて下を向いている。顔色は判然としない。赤く揺れる灯に照らされた女の背中は程よい肉付きで、真新しい障子紙のような真っ白い肌に墨であたりがついている。

針を構え、男はこちらに向いた。本当によろしいので？　そう顔で訴えている。

黙ったまま、宗衍《むねのぶ》は頷いた。

じじ、と蠟燭の芯が鳴った。

男――刺青師――は困ったように女と宗衍を見比べていたものの、恐れの色を顔に浮かべて宗衍から目を外し、横に置かれている皿を手に取った。真黒な水面が波紋を立てる。そこに針先を浸して、刺青師は女の背中に左手を当てた。すると女は冷たいものに触れたかのような短い悲鳴を上げた。

宗衍は刺青師を一瞥《いちべつ》し、顎をしゃくって答えに代えた。

頰から汗を滴《したた》らせて、刺青師は頷いた。織りたての絹地に触れるように、女の柔肌《やわはだ》を撫でる。最初は弱く、やがては強く。さっきまでは真っ白であった肌も、そのうち赤みを帯び始めてくる。女はその間、声一つ上げることなく、ただただその場にある。

刺青師は、女の背中に針を刺し入れた。

「……っん」

女の口から声が上がる。

慣れた手つきで針に力を籠《こ》める刺青師は、真剣な面持ちで己の手元を睨んでいた。その様は、女の背中の美しさに魅入られているようにも見えた。

針が抜かれると、赤い血と墨の入り混じった汁が流れ出した。それを真っ白な手ぬぐいで払うと、また女の背中に針を刺した。

「……っあ」

「……むぅ」

女の口からこぼれる僅《わず》かな声が宗衍の頭の中で反響する。身をよじらせた女の肌に浮かぶ汗が蠟燭の炎を反射している。

「苦しかろうな」

女に宗衍は問いかける。返事など期待していない。苦しげな吐息、そして口よりもはるかに雄弁な躰《からだ》の反応、これが答えに他ならなかった。

血と墨の飛沫《しぶき》に彩られた女は、少し顔を上げた。その表情からは、あってしかるべき恨みの色を欠片《かけら》ほども見出すことができない。ただ、ありのまま、目の前にある鬼の彫像を見るがごとくに無表情だった。少し上気させている頬を歪め、桃色の唇を上下させた。

「苦しゅうございます。痛うございます。けれど、それでも――」

「それでも、なんだ」

「わたしには、ここしか居場所がございませぬ」

「――つまらぬの」

宗衍は刺青師から手ぬぐいを取り上げた。墨と血でところどころ汚れたそれは、広げてみると音を立てて燃え盛る業火《ごうか》を見るかのようだった。

宗衍は女の背中を睨みつけた。赤みを帯びた明かりの下では、血と墨が霞となって、筋彫りで浮かび上がろうとしている者の姿をおぼろげにしている。その隙間から、既に彫り上がった、冷たい刀身のような目がこちらを見据えている。

身悶《みもだ》えを我慢することは叶わなかった。ようやくこの天地に友を得たような心地がした。

肩を震わせながら、宗衍は笑う。

「彫り上がりが楽しみぞ」

言い残すと、宗衍は部屋を後にした。

じっとりとした海風が、垣根を越えて吹き込む。江戸の町から離れた大崎《おおさき》では、風の匂いすらも違う。そんな当たり前のことにうんざりとする宗衍がいた。

宗衍は手に持っていた手ぬぐいの端を口に含んだ。血と墨の臭いが鼻腔《びくう》に広がる。

廊下で女中と行き当たる。頭を下げた女中は、宗衍の口からだらりと下がっているものに気づいたのか、青い顔をして後ずさり、その粗相を咎《とが》められぬうちにそそくさと縁側の向こうへと消えた。

宗衍は縁側に腰を掛け、部屋の奥から聞こえる声に耳を澄ましながら、すっきりと晴れ渡る青空を見上げていた。入道雲が西に見える。夕方には雨でも降るのだろうか。

宗衍は、女との出会いをなんとはなしに思い起こしていた。

○

老いも若きも男も女も、顔を赤らめながら行き交っている。すれ違う裸の相手を直視すまいと視線を外すものの、好奇の思いに駆られたのか、女の尻を一瞥するやばつ悪げに首を振る若侍。毛氈《もうせん》の敷かれた庭先で茶筅《ちゃせん》を掻き回す、一糸まとわぬ茶頭《さどう》の姿もある。一流の人間だけあってまるで動じるところはないが、真面目な顔をして茶を点《た》てる様はちぐはぐだった。

飾り気がまるでなく、細い梁《はり》が寒々しく延びる庇《ひさし》の下で、雲州松平家《うんしゅうまつだいら》前当主・松平宗衍は一人坐して人々の行き交う様を眺めていた。

この茶会を開いたのは他ならぬ宗衍だ。ただの茶会ではない。

〝当茶会に於いて、一切の布着用を許さず〟

そう触れた。

客の多くはいつも宗衍の遊びに呼ばれる者たちだ。『あのご隠居様のなさることだから』と気風《きっぷ》よく服を脱いだと家臣から聞いている。しかし、いざ一糸まとわぬ姿で歩き回り顔を赤らめるうら若き女とかち合うと、途端に恥ずかしさが頭をかすめるものらしい。豪胆で鳴らす男どもが身をくねらせて、所在なさげにしている様はいかにも笑いを誘う。

亭主である宗衍もなにも身に着けていない。ところどころしみが浮かび、肌もだぶついている。しかし、諦めてしまえば身の衰えなど目をつぶることもできる。前を手で隠して行き交う者どもを眺めながら、茶頭に点《た》てさせた茶を口に含む。

庭の端、茶会の柵の外で、服を着た家臣どもが苦々しくこの場を見据えている。しかし、その四角張った顔に、ほんの少しだけ劣情の色が浮かんでいたのを宗衍は見逃さなかった。

呵々《かか》と笑っていると、声がかかった。

「大殿様。ご健勝のことで何よりにございまする」

やってきたのは、裸の茶会に不似合な袴姿の武士であった。顔に見覚えはないが、武家言葉の端に雲州訛《なま》りがこびりついている。

果たして、その武士は上屋敷の遣いを名乗った。

「本日、殿はこちらに参られないとの由《よし》にて」

「左様か」

宗衍の子である松平治郷《はるさと》（のちの不昧《ふまい》）は、名門・雲州松平家の当主である。押しの弱い性格で政《まつりごと》に向いているとはお世辞にも言えぬ息子だったが、当主となるや瞬く間に家中にあった借財をすべて返済し、金蔵一杯になるほどの蓄財を果たした名君の呼び声高い。

遣いは金刺繡《ししゅう》のなされた小さな包みを取り出した。

「今日、こちらに参ることができぬこと、殿は残念がっておられました。そこで、これを今日の茶会の祝いにと」

遣いが目の前で包みを開いた。箱から姿を現したのは、見事な景色の黒茶碗であった。箱書きを見れば、錚々《そうそう》たる茶人や大名の名前が連ねられている。人の手を渡り続けてきた名品、だろう。

「こちらを大殿様に差し上げたいとの由にございまする。公方《くぼう》様より殿に下賜《かし》されたもののこと」

片手でその茶碗を受け取った宗衍は、次の刹那《せつな》、庭に投げ捨てた。遣いの顔が俄《にわ》かに強張っていく様を横目に、宗衍は飛んでいく黒茶碗の行く手を眺めた。宙を飛ぶ黒茶碗は庭の飛び石に落ち、取り返しのつかぬ音があたりに響き渡った。

皆の視線が茶碗と宗衍、そして遣いに集まる。

しんと静まり返る場の真ん中で、宗衍は淡々と述べた。

「茶碗一つでわしの歓心を買えると思うたか、あの息子は」

「いえ、この茶碗は天下の名品。左様なものは二つと……」

「下らぬ。失《う》せよ」

宗衍は言い放ち、手を振った。青い顔に怒りの色を隠す遣いは、おずおずとこの場を去っていった。

最初は石を投げ入れられた池のような波紋が広がった場も、やがて、名物茶碗が割れたことなど忘れてしまったかのごとく、また元の風景を取り戻していく。そんな中、人々の喧騒にどうしても溶け合い切れずにいる宗衍は、ただ、派手に割れた黒茶碗を見やるばかりだった。

そんな宗衍は、ある声によって現《うつつ》に引き戻された。

「大騒ぎですなあ」

顔を上げると、一人の中年男が立っていた。

だらけきった頬の肉、死んだ魚のような眼、醜く垂れ下がった腹。扇子《せんす》を手にし、やはり下帯一つせぬ姿でやってきたのは、屋敷出入りの商人である播磨屋《はりまや》だ。本業が何なのか宗衍も知らぬが、この男に頼めば書画から刀剣、茶や珍味、果ては女までも手に入った。その便利さを買って屋敷に出入りさせている。

腹の肉を波打たせながらやってきた播磨屋は、女どもの裸を眺めながら下卑《げび》た笑みを浮かべ、宗衍の横に座った。

「大殿様は遊びを極めておいでですなあ。裸の茶会に名物をあえて割る趣向。これ以上の遊びは思いつかぬのではありませぬかな。茶の心の理《ことわり》と、劣情の念を一つどころに並べるなど、大殿様くらいにしか思いもよらぬことでしょう」

劣情などこれっぽっちも残っていない。裸の茶会を開いたのは、衣が邪魔で仕方なかったからだ。人が裸を嫌うのは、人格は身につくものではなく、衣に宿るものという真理を突き付けられるがゆえだろうか、と心中で独り言《ご》つ。

扇子を広げて風を送りながら、播磨屋は続けた。

「そういえば、あの茶器、いかがなさるおつもりで？」

飛び石の上で四散する黒茶碗を指した。

「どうする気もないわ」

播磨屋は頰を拭きながら続けた。

「元通りとはいきませぬが、金継ぎでもしてやれば、それなりの形には戻りまする。新たな味が出てよいのではありませぬかな」

「なるほど。そなたに任せよう。いつも通り払いは息子につけておけ」

播磨屋はおどけた顔をした。

「相変わらずですなあ、大殿様は。恬淡《てんたん》としておられるというか、刹那に生きておられるというか」

「すべては通り過ぎてゆくのみぞ」

江戸から外れた大崎の下屋敷に住まわされ、悠々自適に暮らしている。外出は禁じられているものの、書画を買い求めたり、たまには茶会を開くくらいの余裕も与えられている。何も思い煩《わずら》いはない。生ぬるく、ゆっくりと流れる時に身を任せるように過ごしている宗衍からすれば、割れ茶碗など日々の些事《さじ》に過ぎない。

客たちに茶碗を差し出す裸の女中を眺めて鼻を膨らませる播磨屋は、

「それはお羨《うらや》ましい」

と、追従《ついしょう》とも揶揄《やゆ》とも取れぬことを言った。

そんな二人の下《もと》に、一人の女が現れた。

年の頃は十五ほどであろうか。垂髪《すいはつ》にした黒髪は日の光に照らされて光沢を放っている。露《あら》わになっている乳房は小ぶりの西瓜《すいか》のような丸みを保ち、腰から腿にかけての肉付きも緩やかで柔らかな曲線を描く。肌の白さときめの細かさが眩《まぶ》しい。その立ち姿は、上等な白磁の花差のような趣《おもむき》さえ漂わせている。

しかし何より目を引くのは——。あまりにも深い、女の目の色だった。曜変天目《ようへんてんもく》のような那由他《なゆた》の広がりを思わせる黒とももまた違う、見る側の忖度《そんたく》を拒絶するかのような黒い瞳が女の印象を支配している。

播磨屋が声を上げた。

「今日はこの女を一緒に連れて参ったのです。——ほれ、挨拶せんか」

播磨屋が促すと、女はその場に座り、指をついた。

「幸《こう》、と申しまする」

張り詰めた琴の弦を震わせるような、そんな声音であった。

この女の姿はどこか浮世離れしている。余りに整いすぎた顔のゆえか、それとも均整の取れた体つきのゆえか、それとも両方か——。そういぶかしんでいる間にも、播磨屋は口上を重ねる。

「この女、知り合いの女衒《ぜげん》から買い受けまして」

女の産は奥州だという。先の飢饉《ききん》で全滅した村の生き残りらしく、近くの村の親戚に引き取られていたところを女衒が見出したらしい。

ありきたりの身の上話だ、と宗衍は心中で毒づいた。昨今、村一つが潰れるような大きな飢饉がたびたび起こっている。孤児は近村の親戚を頼ることになろうが、増えた食い扶持《ぶち》を支えきれず、やがて爪弾《つまはじ》きに遭う。最後には女衒や人買いに二束三文で売られて見知らぬ江戸の町へと流れつく。江戸の遊女屋は女で溢《あふ》れ返り、安く女を買えると男どもが喜ぶ。かくして色町は蠱惑《こわく》の香りを振りまきながら、すべてを飲み込んでゆく。

「どうです、上玉でしょう。今でしたらお安くさせていただきますよ」

「そなたにしては気が利いておるわ。されどわしはもう女は要らぬ。夜伽《よとぎ》など絶えて久しいわ。ただ美しいだけの女ならば、もうとうの昔に見飽きた」

ふと、宗衍は女を見た。女は、恐ろしく深い色をした目をこちらに向けている。そこに、うわべだけの流麗さとは意を異にする何かを嗅《か》ぎ取った。

「女、なぜそんなにもわしを睨む？　物欲しげであるな」

お幸はつややかな黒髪を垂らしつつ頭を下げた。

「畏《おそ》れながら。大殿様、わたしを置いてくださいませ」

「──田舎の小娘風情が大名相手に己が身を売り込むか」

「はい」お幸は真っ黒な瞳を宗衍に向けた。「わたしは、生きたいのです」

続けい、と水を向けると、お幸は続けた。

「わたしのお父《とう》とお母《かあ》は、ひもじさの中で死んでいきました。弟もおりましたが、真っ先に弱っていきました。最期は骨と皮のような有様でしたよ。わたしはそれをただただ眺めていることしかできませなんだ。あのような地獄を見たあとでは、花のお江戸は極楽にございます」

「面白いことを言う。極楽、とな？」

「はい。わたしは、この花のお江戸で生きとうございます」

その口ぶりに誰よりも狼狽《ろうばい》していたのは播磨屋だった。宗衍は大名家、しかも神君家康公の流れを汲む名家の前当主だ。農民上がりの娘が物申してよい相手ではない。この無礼は女を連れてきた商人の首でもって贖《あがな》ってもよいほどであろう。

その頃には、宗衍も気づいていた。この女の放つ浮世離れした雰囲気の正体に。

お幸は胸の膨らみや股の茂みを一切隠そうとはしない。羞恥《しゅうち》というものが欠けている。いや、それだけではない。身分の違う相手に対する畏れも、己の偏狭な生に対する悲しみも、この女からは感じ取ることができない。ただただ、生きているという自覚のみがこの女を突き動かしている。

意地悪い考えが頭をかすめた。

宗衍はお幸の真っ黒な瞳を見据えた。

「女、お前は江戸が極楽であると言うたな」

「幸、でございます。――はい。江戸は極楽にございます」

「ならば、ここが極楽か否か、己が眼で見定めるがよいわ」

吐き捨てた宗衍は播磨屋に向いた。

「この女はわしが買い上げる。後日金を用意させるゆえ、取りに来るがよい」

商売がまとまったことよりも、機嫌を損ねずに済んでよかった、と言わんばかりに息をつく播磨屋を尻目に、宗衍はお幸に言い放った。

「遊女屋に売られたほうが、幾分かましであったな」

「よろしく、お願いいたしまする」

人形のように表情を凍らせたまま、お幸は三つ指をついて頭を下げた。

これが、お幸との日々の始まりだった。

○

部屋で午睡《ごすい》を取っていた宗衍は、ふと物音で目を覚ました。

蚊帳《かや》の向こうにある幽霊画がこちらを睨みつけている。口元から血を流し、手をだらりと下げ、恨めしげにこちらを見据えていた。

幽霊の振りをした生者が睨んでおるわ、と宗衍は心中で吐き捨てた。

宗衍は起き上がって蚊帳から出ると、脇差《わきざし》を抜いて軸を一刀両断にした。日の光も入ってこない薄暗い部屋の中、香炉の中に忍ばせている炭だけが煌々《こうこう》と光を放つ。その香炉から上がる一筋の煙の向こうに、奇怪な妖怪画や幽霊画たちが待ち構えている。

家臣どもがひそかにこの部屋を『魍魎《もうりょう》の間』と呼び、一切近づこうともしないのには気づいていた。家臣たちの噂するところだと、この部屋から夜な夜な物音がするという。丑三《うしみ》つ時になると絵から幽霊や妖怪が飛び出して、人を食らわんと動き回っておるのだ、ということらしい。

ふと宗衍はある屏風《びょうぶ》へと視線を向ける。

屏風の上には地獄絵図が描かれている。閻魔《えんま》に裁かれた罪人どもが、舌を抜かれ、目をえぐられ、釜茹《かまゆ》でにされ、剣の山を歩かされ、腹を割かれる。罪人どもは目から血を流しながら己が罪を数え、絶望と激痛に顔を歪ませ悲鳴を上げている。罪人たちの己が命運を呪う声すら聞こえてきそうなほどだった。

屛風の横に置かれた、牙を剝《む》いて凄む鬼の彫像と目が合った。

仏師による、人と同じ身の丈の鬼。人の首をもぎ、腕を食らい、口元を朱に染めている。この彫像の意匠は宗衍が細かく指示をして作らせたものだ。地獄の鬼を作り上げてほしい、それこそ、この世におることを忘れさせるような名作を――。しかし、目の前にあるのは、ただただ血の臭いがこびりつくだけの真っ赤な人形に過ぎなかった。

「なんぞ文句があるのか。半端者の分際で」

宗衍は、鬼の首を一息で刎《は》ねた。

鬼の首はころころと転がり、やがて、いつの間にか部屋に入ってきていた女の素足の前で止まった。

「お目覚めでございましたか」

「今しがたな」

垂髪のお幸が裸で茶碗の載った盆を捧げ持っていた。転がってきた鬼の首に、一瞥をくれる。

お幸を宗衍付きの侍女とした日、宗衍はお幸に命じた。一切の服を着ることは叶わぬ、と。この屋敷に勤め始めて十日になるが、お幸は音を上げない。この屋敷には多くの人間が勤めており、衆目に晒《さら》される形になる。男どもの劣情交じりの視線にも、女どもの憐憫《れんびん》交じりの表情にも、お幸はまるで動じることはなかった。

そんなお幸は盆を文机《ふづくえ》に置いて、首から上だけが残っている幽霊画と、首を失くした鬼の彫像と、宗衍の手にある抜き身の脇差を見比べた。

「いたずらに殺生《せっしょう》をなさったのですか」

「紙上の者どもは生きておらぬ。木を削り形作られた者は所詮真似物。真《まこと》を捉えぬ物など、人の目に触れぬよう切り伏せるがせめてもの供養よ」

「何がいけないのでしょう、この絵。ひどく恐ろしい絵でございますのに」

宗衍は、怨念《おんねん》のこもった眼でこちらを見やる幽霊を睨みつけ、ぽつりと言った。

「幽霊は、生者を恨めしくなど思ってはおらぬ。絵師にはそれがわからなかったと見えるな」

「まるで、幽霊の気持ちを知り尽くしておられるような口ぶりですね」

前に立ち、脇差の切っ先をお幸の胸元に突き付けた。わずかに触れた皮膚が切れ、じわりと血が滲《にじ》む。白い肌に赤い血が躍るさまは、上等な紙に絵筆を遊ばせているような心地がした。

「そなたはまるで動じぬな。つまらぬ」

「飢饉の記憶が、わたしをそうさせてしまったのでしょう」

「難儀だな」

お幸は首を振った。

「いいえ、生きておりますゆえ、仕合せでございます」

取り澄ました物言いが癇《かん》に障《さわ》った。

「いちいち腹立たしい女子ぞ。このままその細首を掻っ切ってやろうか」

氷のように冷え切った声でお幸は応じる。

「厭《いや》にございます。それ以外のことならば、なんでも甘んじて」

強がっているのではない。実際に心からそう思い口にしている言葉であるがゆえに、圧を以てこちらに迫ってくる。返す返すも忌々《いまいま》しき女だ。

眉一つ顰《ひそ》めることのない女を前に、宗衍は舌打ちをした。

「興を削がれたわ」

脇差を鞘《さや》に納めると、お幸を乱暴に突き飛ばした。尻餅をつくお幸を横目に、茶碗の水を一息に飲み干す。と、体にまとわりついていた熱気が一気に逃げていった。そうして火照《ほて》った体を鎮めてからお幸に目を向ける。一糸まとわぬ姿のお幸は、恨みがましい顔すらせず、ただただ無表情に宗衍のことを見上げていた。

宗衍は身に着けていた印籠《いんろう》をお幸に投げつけた。お幸の手に当たった漆塗りのそれは音もなく畳に転がり、中に入っていた丸薬が辺りに四散した。

お幸の白磁のような肌。胸元からわずかに流れる赤い血。そして、床に転がる、両断された幽霊。その三つを頭に描くうち、混じり合うはずのない三つのものが宗衍の脳裏で一つの形を成した。

「ここが極楽か否か、己が眼で見定めるがよい、とわしは言ったな」

「はい」

「思いついたぞ。そなたに生きておるがゆえの苦を与えてやろうぞ」

家臣を呼びつけて、播磨屋を参上させるように命じた。

わずかな時の間に播磨屋は屋敷に現れた。播磨屋は肩で息をし、だぶつく頬に滴る汗を拭きながら、裸で座るお幸と、宗衍の顔を見比べていた。

「一体今日はどういった御用にございますか」

「のう播磨屋。そなた、彫物師につてはないか」

「彫物師？　また鬼の木像をご所望にございますか」

首のない鬼の木像をなんとはなしに見やる播磨屋に宗衍は苛立ち混じりの言を投げやった。

「違う、そちらの彫物師ではないわ。刺青を彫る方ぞ」

播磨屋は合点するように手を叩いた。

「もちろんにございますよ。お武家様にはあえてご紹介はしておりませぬが、腕利きの彫物師――刺青師は何人も知っておりますよ。まさか大殿様、刺青をなさりたいなどとおっしゃるんじゃあ……。さすがにお止《や》めになられたほうがよろしいのではないでしょうかね。一度入れた刺青は元に戻せませぬ。お武家様に刺青は御法度にございましょう？」

「わしが刺青を入れるといつ言うたか」

「てっきり大殿様がお入れになるものとばかり」

宗衍は顎をしゃくって、白肌を露わにしたまま正座するお幸を指した。

「この女の背中に刺青を入れよ」

「この女に、でございますか」

「なんだ、できぬのか」

「いえ、できぬことはありませぬが、とてつもなく痛いので、女には耐えられぬ責め苦かと……。それに、どうしたって針を刺すときに膿《う》んでしまいますからこの女の柔肌が失われてしまうことでしょうなぁ」

宗衍はお幸に笑いかけた。

「だ、そうだ。せいぜい痛い思いをしてもらうとしようか。お前の滑らかな肌もこれで見納めであるな」

お幸は平然と頷いた。

「それが大殿様のご命令ならば」

「殊勝なことだ。よかろう、苦しむのだな」

「喜んで」

裸のまま三つ指をついたお幸を見下ろしながら、播磨屋は間抜けた声を上げた。

「まあ、大殿様がそうおっしゃるなら……。で、どのような図案で」

「女の幽霊を描いてくれ。いつぞやの小者絵師なんぞを使うでないぞ。金に糸目はつけぬ。腕のいい、当代一流の絵師に頼め。もし納得いかぬ出来ならば、そなたも絵師も、この女もろとも吊るし切りにしてやろうぞ」

脂汗を手ぬぐいで拭きながら、播磨屋は部屋から逃げるように飛び出していった。

平伏するお幸の背中を見下ろした。背骨の浮かぶその華奢《きやしや》な背中は驚くほど白い。そのくせ、温かみと水気を持ったままそこにある。今からこの背中に針で穴を空け、一生消えはしない痕《あと》を刻み込んでいくのだ、と思うと、心中を綿毛でくすぐられるような暗い悦びに襲われて総毛立った。

宗衍は屈み込み、お幸の顎を取り真っ黒な瞳を覗き込んだ。その目の奥には何も隠れてはいない。ただただ、宗衍の顔が映り込んでいるばかりだった。

「せいぜい苦しめ。せいぜいもがけ。せいぜい恨め」

お幸はまっすぐな目で宗衍を見返した。何の感情をも込めもせず自然に見返している。その顔は赤子のように無垢《むく》で、こちらの肚《はら》の内の常闇《とこやみ》に光が投げ入れられたような心地がした。そんな宗衍を前に、瞳とは不似合いな熟れた鬼灯《ほおずき》のような色をした唇が、言葉に形を与える。

「何を恐れておられるのですか」

矢に体を貫かれたような痛みが走った。

「わしが、恐れておるだと」

「はい、そのように見えまする」

「そんなわけなかろうが。……痛いらしいぞ、刺青は」

お幸は力なく答えた。

「とうの昔に、慣れてしまいました」

「――もし怖気《おじけ》づいたのなら許してやろうと思い定めていたのだが気が変わった。痛みにのたうち回るがよい」

宗衍は目の前の女が絶望する顔を観たかった。が、女は、凍ったままの顔で、ただただ宗衍を見返しているだけだった。

女の視線から逃げるようにして、宗衍は地獄絵図を見据えた。生き生きと走り回る獄《ご》卒《そつ》に目が引かれる。

獄卒が羨ましい。愚者どもに責め苦を負わせ、叩き潰し、磨《す》り潰し、ばらばらにする。さぞ愉悦に浸れることであろう。獄卒どもは血腥《ちなまぐさ》い汚れ仕事に手を染めているが、この鏖《みなごろし》は極楽の清浄を保つためのものともいえる。極楽が極楽であるために、地獄は地獄でなければならぬのだ。

宗衍の腕に蚊が止まった。

反対の手で血を吸って腹を丸くした蚊を叩いて潰し、また絵図を見やる。獄卒の一人として、金砕棒《かなさいぼう》を振う姿を脳裏に描きながら。

二月ほど経った。秋の気配が下屋敷を包み、着物も薄物から単《ひとえ》、単から袷《あわせ》に変わっていた。くしゃみを一つした宗衍は、衿を正して身震いをし、縁側に広げている壺や刀、書画を見やった。

部屋の中のものを整理している。

意味などない。本来ならば女中どもにやらせればよいだけのこと、あえて誰にも触れさせないのは、他人の手が入るのが恐ろしかったからだ。この部屋にあるものは己そのものだ。刀は己が腕、書画は己が肋骨、壺は己が足、おいそれと誰かに触らせる気にはなれない。一度、勝手に部屋のものを触った女中を手討ちにしようとしたこともあった。この時は討ち漏らしてしまい、その女中には暇《いとま》が出された由だが、同じことがあったなら次は——と思い定めている。

乾いた秋風がそよぐ。強い日差しに混じって時折吹く風は、早くも冬の冷気を運んできていた。

宗衍は手に抱えていた壺を脇に置き、螺鈿《らでん》細工の脇差を手に取った。初御目見得《おめみえ》の際に将軍吉宗《よしむね》公より下賜された差料《さしりょう》だ。畏れ多くて吉宗公の顔を窺うことはできず、下を向いているばかりだった。

鞘を払い、丁子油《ちょうじ》を垂らしたその時、ふと、鏡のように研ぎ澄まされた刀身に女の姿が映っているのに気づいた。

振り返ると、お幸が立っていた。

今にも透けそうな白の単の着物を巻いているだけの姿だ。垂髪も改めさせ、後ろで髪の毛を結わしている。しかしそれでも、上等の花差のような腰の丸みは隠れることはない。この女の体の膨らみは、着物をまとうことで一層際立つ。薄衣を着せたほうがよほど女の特質が際立つということを、最近になって宗衍は知った。

相変わらずの無表情。その手には盆がある。

「大殿様、水をお持ちしました」

茶碗を受け取り口をつけた宗衍は、思い付きを口にした。

「瓢簞《ひょうたん》池に身を浸せ」

宗衍は庭の真ん中にある池を指した。池には鯉を放しているが、あまり掃除をしている様子はない。この日も池の水は暗く淀み、奥底に蠢《うごめ》く魚影がかすかにうかがえる。間近で鼻を近づければひどく臭うことだろう。

一瞬、お幸は動きを止めた。しかし、意を決するように頷いた。

「はい。かしこまりました」

服を脱ごうとするのを押し留め、そのまま入れと命じた。

お幸は瓢簞池の中に身を沈めた。決して深い池ではない。身をかがめ緑色に変じた池に身を沈ませ、がたがたと歯を鳴らしている。如何に秋とはいえ、池の水は冷たかろう。

お幸の顔から血の気が失《う》せていく。しかし、いくら経ってもその黒い瞳に恨みの黒い炎は浮かび上がってこない。

「上がれ」

苛立ちと共に命じると、お幸は震える手を縁石にかけて池から上がった。白い単はすっかり透け、乳房や細い腰や尻に張り付き、その形を露わにしていた。もはや劣情など残っていない宗衍からすれば、お幸の艶姿《あですがた》など取るに足らぬものであった。

「背中を見せい」

お幸は言うとおりにした。衣からしたたり落ちる水音を辺りに響かせ、身を細かく震わせながら、宗衍に背を向けた。

背中が露わになる。しかし、この屋敷にやってきた頃のような白い肌はもうない。透けている白い単越しに浮かび上がるのは、手をだらりと下げる女の幽霊の姿だった。寒々しいほどに白い肌、手の甲には青い筋が浮かぶ。大きく開かれた衿からは浮いた肋骨がのぞき、生気を失ったその表情にはしゃれこうべの輪郭が霞んでいた。口元にはわずかに血を滲ませ、虚《うつ》ろな目でこちらを見据えている。

何度見ても、この絵の持つ無限の奥行きに圧倒される。

この絵には、美も醜も、生も死も、虚も実も、聖も俗もすべてが詰め込まれている。いや、この浮世すべてが女の幽霊に収斂《しゅうれん》している。幽霊の絵と思い眺めていると、時にどこか剽軽《ひょうきん》な気持ちになる。かと思えば、底無しの沼に飲み込まれたような恐怖に包まれることもあった。この絵を描いた絵師の力、そしてこれを女の肌に描き出した刺青師は刺青では、刺青の腕によるものだろう。そして、この絵を透けた単越しに見ることによって、描き切れぬ幽玄の趣が出る。

それに——。この刺青の下絵を描いた絵師は、幽霊の何たるかを知っている。一目見て気に入った宗衔は、日に一度、この絵を眺めて魂を清めるのを日課としている。

一人、幽霊の女と交歓していると、不意にお幸が口を挟んできた。

「もうよろしゅうございますか」

「黙れ、紙が騒ぐでない。お前は紙の振りさえもできぬのかえ」

「——申し訳ございませんでした」

お幸はまた物言わぬ人形と化した。

刺青を入れている最中はよい見ものだった。

畳針と見紛うような針を少しずつ刺していき、輪郭線となる墨を馴染《なじ》ませていく。そのあと、色彫に移る。刺青とは、決して一日で終わるような作業ではなく、毎日毎日、少しずつ時をかけて体に刻んでいくものだ。その全工程において、身を焼かれんばかりの痛みとの戦いになる。大の男でも泣き叫び、途中で彫るのを止めてしまうほどだという。さすがのお幸も刺青師の下では口を真一文字に結んで痛みに悶えているばかりだったらしい。そして、夜になると腫《は》れてくるらしく、毎夜のように苦悶に満ちた声が屋敷中に響き渡った。今にして思えば、あの〝子守歌〟も完成した刺青に勝るとも劣らぬ出来であった。

刀に紙を当てて油を刀身に伸ばしながら、宗衍は口を開く。

「喋るのを許す。どうだ、少しは己が生に嫌気がさしたか」

「いいえ。衣食住を頂き満たされております。わたしにしか果たせぬお役目を与えて頂き、泉下《せんか》の父母、弟も喜んでおりましょう」

「強情な女子よ」

「本心にございますれば」

宗衍は刀を振るった。お幸の着物がぱっくりと裂け、その下でかすかに息づいていた幽霊の姿が露わになる。刺青の筋彫りは蚯蚓《みみず》腫れのようになっており、あれほど滑らかだった背中には醜い凹凸ができていた。

「この絵は良いな。この絵師は幽霊を捉えておるわ」

微動だにしないお幸は、背中越しに聞いてきた。

「大殿様、では、幽霊はどのような思いで、生きている人間のことを見据えているのですか」

「そうさな――」

その時、閂《かんぬき》を通していたはずの心の門がみしみしと音を立てて軋《きし》むのを、宗衍は確かに耳にした。もう、十年以上前に封じたはずの御霊が、また蠢動《しゅんどう》している。宗衍は胸を掻きむしり、せり上がってくる感触を封じにかかった。

「なぜそなたに斯様《かよう》なことを教えねばならぬか」

「大殿様ならば、ご存じなのでは、と」

「ならば、肌でわかるようにしてやろう。幽霊であるかのごとく、誰にも触れられぬ者としてやろう」

それから数日後、雲州松平家下屋敷にはある噂が立った。

夜になるとお幸の背中の幽霊が飛び出して人を取り殺していく、というものだ。上中屋敷と比べれば人もまばらの下屋敷と雖《いえど》も死人は出る。そのたび、宗衍はお幸幽霊譚《たん》を流した。武家屋敷は閉鎖された場だ。一度流れた噂はすぐに広がり、密度を濃くしてゆく。誰かが死んだとなれば、『そういえば、その日の夜、お幸が廊下を歩いていた』と尾ひれがつき、ついには『あの刺青の幽霊を見た』と言い出す者が出た。噂の出所は中《ちゅう》間《げん》や女中どもだ。自分たちが大きくした噂に踊らされ、ついにはお幸を恐れるにまで至った。

さらには、宗衍にさえ予見できなかったことが起こった。

屋敷の外にも、お幸のことが知れ渡るようになったのである。

『雲州の前《さき》のお殿様は、背中に刺青を背負った侍女を可愛がっておるらしい』

『その刺青が夜な夜な女から抜け出して、人を呪い殺しているという』

屋敷での噂ならば問題にもならなかったかもしれぬ。しかし、この噂はひとりでに膨らみながら市中、吉原や岡場所にも流れ始め、他家にも知られるようになった。

『そなたの家中には刺青を背負った侍女がおるらしいな』

と他家中の家老から耳打ちされた者も出てきた。ことここに至り、前までは劣情丸出しの目でその背中を振り返っていた勤番武士たちも、お幸と行き会うと、さながら疫病《やくびよう》神《がみ》を見るような顔で道を譲った。一方のお幸はと言えば、傷つく様子もなければ憚《はばか》る様子もなく、家中の者どもの刺すような視線に晒されながらも、淡々と屋敷の中で働き続けていた。

秋も終わり、江戸の外れにも冬が訪れた。

吐く息も白く、肌に触れる風もひどく冷たい。秋の頃は緑色の水面であった瓢簞池はすっかり鉛色になって、その底にぬらぬらと鯉の泳ぐ気配がある。空を見上げれば、鈍《にび》色《いろ》の雲がどこまでも広がっている。雪でも降るやもしれぬ、と宗衍は腕を組みながら空を見上げていた。

袷の羽織に手を引っ込めながら、宗衍はぽつねんと縁側に坐していた。そろそろ新年もやってくる。歳末と新年の準備に追われ、縁側を忙しげに行き来している家臣どもは、宗衍の姿に気づくと憐れみとも蔑みともつかぬ顔をして脇をすり抜けていった。

盆を抱えたお幸が現れた。袷の羽織はまとわせているが、その代わり、紗《しや》の小袖を着せている。足袋《たび》を履くのを禁じている故だろうか、その可憐な足は赤く腫れ上がっているようにも見える。そのうえ顔には生気がなく、また何の感情をも見出すことができない。

「大殿様、白湯《さゆ》を」

「ここに置け」

宗衍が床を何度か指で叩くと、お幸はそこに茶碗を置いた。ほのかに立ちのぼる湯気が辺りに広がり、やがては消える様を、しばし眺めた。

が、ややあって、宗衍は口を開いた。

「背中の刺青を見せよ」

お幸は無言で羽織を脱ぎ去った。するりと羽織が落ち、紗越しに幽霊の姿が浮かび上がった。幽霊はこちらを見据え、必死に何かを問いかけてくる。しかし、宗衍は幽霊の言葉に気づいていながら、聞く耳を持たなかった。

幽霊の視線を感じつつ、宗衍はわざと下卑た笑い声を上げた。

「もうそろそろ己が生を恨みたくなったろう。家中では死神扱いで誰も話しかけてこない。江戸の町に出ればあれが噂の文身《いれずみ》侍女かと後ろ指を差される。もはや、江戸にそなたの居場所はないぞ」

しかし、お幸は穏やかな声音を発した。

「いいえ。わたしは恵まれております。ここに居場所がございますから」

この女の我慢強さは異様であった。親兄弟を亡くして厄介者として生きてこざるを得なかった境遇のなせる業であろう。だというのに、こうも生を肯《がえ》じることができるものか、そう舌を巻かずにはいられなかった。

鮮烈であればあるほど——。身近にあればあるほど——。その魂の放つ柔らかな光に打ちのめされる。宗衍の胸にあるのは、内側から食い破られているのではないかと疑いたくなるような痛みだった。

あれほど気に入っていたはずの幽霊の刺青が途端に憎らしいものに思えてきた。己が手でずたずたに切り裂かねばならぬと決した宗衍は、部屋に戻って火鉢に刺さる火箸を引き抜いた。その先を赤く燃える熾《おき》にしばし押し付け熱を移すと、床を踏み鳴らしながら戻った。

お幸の顔が引きつった。

「どうなさるのですか」

「うるさい、黙って見ておれ」

長着も脱ぐように命じる。お幸は諦めたように目を伏せ、着物をするりと脱いだ。白い肩、そして幽霊の刺青が露わになる。

黒くくすんでいる火箸の先を、お幸の首先に突き付けた。まるで炭に水がかかったような音が火箸から上がる。

「か、か、か……」

悲鳴にならぬ悲鳴をあげながら、お幸はそれでもこの責め苦に耐えている。

「気に、食わぬな」

宗衍は吐き捨てた。火箸をお幸の背中に何度も打ち付ける。多少冷えたものと見え、最初に押し付けたところのように火傷にはなっていないが、叩かれた痕は赤い筋となって浮かび上がっている。稲妻に打たれたかのように身を震わせるお幸は、責め苦の合間に振り返った。

「何が、お気に召されぬのですか」

「そなたはまるで諦めぬ。つまらぬわ。――そうだ、そなたを夜鷹に落としてやろう。さすればそなたはこの浮世に絶望することであろうな。そなたの顔が苦悶に歪むところを見たいのだ」

この女のありようが疎《うと》ましくて仕方がなかった。否、こんな人間がおるということが許せなかった。

一緒に居ると気が狂いそうだった。

お幸は淡々と言い放った。

「それでも、わたしは絶望しませぬ」

その一言に、宗衍の心の中で何かが音を立てて外れた。

宗衍は手の火箸を庭に捨て、刀を引き抜いた。

逃げるかと思った。しかし、お幸はその場から動かない。腰を抜かしているわけではない。従容《しょうよう》としてその場に座っているばかりだ。

「命が惜しくないのか」

「大殿様は、わたしを殺せませせぬ」

お幸のはっきりとした物言いが宗衍を逆なでにした。

「ならば直れ。首を落としてくれるわ」

お幸の首に白刃を突き付ける。しかしその目にはまるで恐れの色はない。それどころか、冷ややかに宗衍を見返すばかりだった。

刀を振り上げたものの、鍔《つば》が小刻みに音を立てている。

何者かに突き動かされるような感覚に襲われ、宗衍はお幸を足蹴《あしげ》にした。

白刃を翻《ひるがえ》したまま庭に降り立つ。足元の砂の感触は足袋越しであっても冷え切っていて心地のいいものではない。山の向こうまで続く鈍色の空は、どこにも切れ目がない。何もかも許せなかった。

宗衍の目の前に枝ぶりのいい松の木が立っていた。岩場を行く蛇のように枝が曲がる松は何とも醜悪の一言に尽きた。

気合一閃とともに刀を振りかぶり、そのまま振り下ろした。枝が音を立てて地面に落ちたのに構わず、夢中で刀を振るう。小枝が宙を舞い、輪切りになり、ある時は刃が食い込んだまま押しても引いても動かなくなった。幹に足をかけて思い切り引き抜くと、また刀を振り下ろす。手足を刻まれた松の木は、やがて卒塔婆《そとば》のような姿になってしまった。

宗衍はふと、幹にしがみつく虫を見つけた。

羽を震わせる虫に、宗衍は刃先を突き刺した。胸の真ん中を貫かれると、しばらく刀身を羽で叩いていたものの、やがて動かなくなった。

宗衍は刀を引き抜いて払った。さきほど成敗した虫の遺骸《なきがら》が宙に舞い、やがてすぐに地面に落ちた。

昂《たか》ぶった気の収まる気配がない。

抜き身を引きずったまま、瓢箪池の橋を越え石灯籠の前に立った。以前からこの石灯籠は気に食わなかった。古寺の苔むしたものをと命じて持ってこさせたはずなのに、届いたそれは苔どころか石工の生々しい鑿《のみ》の跡さえ残っていた。

怒りに任せて宗衍は刀を石灯籠の笠へ振り下ろした。

ほんの少しだけ刃先が石灯籠を割った。手には痺《しび》れの感覚が襲い掛かってくる。しかし、甲高い音とともにそれが消えた。見れば、刀身が真ん中で折れて物打ちが姿を消している。物打ちはくるくると円を描いて宙に浮いていたものの、やがて、宗衍の頰を掠《かす》めて地面に突き刺さった。

縁側から、冷ややかな声が浴びせられた。

「大殿様、お怪我は」

「あるわけなかろうが」

唇を動かしたとき、頰に鈍い痛みが走った。ぐいと拭くと、手の甲にべったりと赤い血がついている。地面に刺さる刀の切っ先にも血糊がついていた。

お幸は、何気ない口ぶりで言った。

「大殿様は、生きておいでなのですか」

心中を射貫《いぬ》かれた思いがした。が、宗衍は気を取り直す。

「無論ぞ。気でも違《ちご》うたか」

「わたしには、そうは見えぬのです」

「無礼を申すな」

折れた刀を引きずって縁側に上がり、首を打たんと振りかぶった。

騒ぎを聞きつけたのか家臣たちがやってきた。刀を振り上げる宗衍を羽交い締めにし、手から刀を取り上げる。老人の力ではいかんともし難い。長着の衿を整え、こちらに振り返るお幸。そしてその背中でこちらを見据える幽霊の顔。何もかも己の采配のままに行かぬ家中。すべてが憎らしくてしょうがなかった。

「あの女を打擲《ちょうちゃく》せい、どこぞに売り払ってしまえ」

わめくことでしか、己の魂を発露することができなかった。一方で、家臣たちに押し止められている己の有様にほっとしている宗衍もいた。

この一件のおかげで、半分は宗衍の願いが叶った。

お幸を手放すべし、という意見が家中で上がり始めたのだった。あの女はもともと女衒から買い入れた女であった。ならば、女衒に戻して改めてほかのところに奉公させるがよかろう、というわけだ。さっそく女衒との間に入っていた播磨屋に諮《はか》った。しかし、播磨屋の答えははかばかしいものではなかった。

『ああ、あの女、幽霊の刺青が入っているのでしょう？　そりゃいけませんよ。浮世の憂さを晴らすために女を買うってのに、あんな辛気臭い刺青がされてたんじゃあ、さすがにどんな器量よしでも買い手が付きません』

女衒にも話を通したものの、答えは播磨屋とそう違うものではなかった。

結局、この件は沙汰止みになってしまった。

誰もおらぬ部屋の真ん中で、宗衍は春を待っていた。

先の一件が公になることはなかった。その代わり、宗衍は下屋敷内すら気ままに歩き回ることができなくなった。家臣どもの言う『魍魎の間』に逼塞《ひっそく》させられ、日々をただ見送っている。もとより下屋敷に押し込められているようなものであったから、以前とそう変わるものではない。僅かな違いは大小の刀を取り上げられたこと、縁側に番方が立つようになったことくらいだろうか。二六時中障子越しに影を映す二人組はこちらを窺っているようで、あまりいい気はしなかった。

宗衍は背中を丸め、己が風雅にのめり込んだ。

目の前の包みを解く。金継ぎされた茶碗が現れた。ところどころ黄金の稲妻が走っているその姿はどこか歪《いびつ》で、以前見た姿からは大分趣が変わっていた。枯れかけた老木を無理やり生かしているような無様さが見る側の気を滅入らせる。思わず宗衍は目を伏せた。

裸の茶会の際に宗衍が割った黒茶碗だ。播磨屋に直しに出していたが、ようやく上屋敷を経由して戻ってきた。同梱されていた手紙に目を通すと、これで無聊《ぶりよう》を慰められるがよろしい、という意味のことが、竜のうねるような字で書いてあった。この癖字は息子・治郷の手だった。

手紙の末尾には、こう書き添えてあった。

『足るを知るべし』

思わず吹き出してしまった。あの息子も諧謔《かいぎやく》を解するようになったか、と。

宗衍は手に取っていた文を脇に置き、茶碗を木の箱に収めると立ち上がり、縁側の障子を思い切り開け放った。

庇の向こうには雪景色が広がっていた。

ほう、と息をついた宗衍に、いずこへ、と問うてきた番方を怒鳴りつけた。

「庭を見たいだけぞ。いちいち尋ねるでないわ」

宗衍は沓脱石《くつぬぎいし》に揃えられていた草履をつっかけ、庭に出た。

庭はすっかり真っ白だった。いつもは石灯籠や木々、飛び石が並んで目を楽しませてくれるというのに、昨日の夜に降った雪がそのすべてを覆い隠している。石灯籠のある辺りはただの盛り上がりになっており、木は木の形をした白い何かに変じていた。既に雪は止んでいる。雲が立ち込めているせいで日は顔を見せないが、それでも十分すぎるほど明るい。

誰も歩いていない雪の上を踏み締める。しゃり、という音が足元から響いてくる。死者の骸《むくろ》を踏み潰しているようにも聞こえてきた。

ふと、咳をした。口元を押さえる。咳が止んでから目を落とすと、掌《てのひら》に季節外れの赤い牡丹が咲いていた。

手を強く握りながら、もう長くはない、と見た。

咳に血が混じるようになったのはいつのことだろうか。捨て鉢な思いのまま放っておいてある。幸い家中の者どもも気づいている様子はない。あるいは知らぬふりを決め込んでいるのかもしれないが、いずれにしてもありがたい。医者に己の体を触らせるなど考えただけで怖気《おぞけ》がする。

実感はない。この齢だ、多くの者の死を見送ってきた。それでも、自分の下に死を引き寄せることができず、どこか他人事であった。

ただ、昔とは違う。

手の中にある赤い牡丹が、宗衍に問うている。お前の生に意味はあったのかと。

なかった、と断じる他、ない。

宗衍はかつて、雲州松平家当主として政に当たっていた。

当時の雲州松平家は数代前からの借財が嵩《かさ》んでいた。御公儀中興の祖である将軍吉宗公に諱して宗の一字を頂いた若き当主・宗衍は、吉宗公の如くありたいと青雲の志を抱き、家中を立て直そうと決心した。政に当たりながら財政を好転させることのできなかった家臣を遠ざけ、これはと思う家臣を拾い上げ、自ら木綿の服を身にまとって改革に取り組んだ。

最初は良かった。元より専売としていた人参や鉄などの統制を強め、市中で上手く金を回す仕組みづくりにも一定の成功を見た。

しかし、時が宗衍を裏切った。度重なる飢饉によって改革で積み上げた財は雲散霧消した上、そのようなときに限って御公儀から寺の造営役を押し付けられた。この御役目はただでさえ逼迫《ひっぱく》している財政を苦しめ、もはや御公儀に雲州をご返上せねばならぬと思い悩むまでに至った。さらに、独裁とも取られかねない強引なやり方が裏目に出、これまで冷や飯を食わされていた者どもが声を上げ始めた。その声は最初こそ小さかったが、やがて小波《さざなみ》がうねりを生んで宗衍に押し寄せた。

ある日、遠ざけていた国家老が群臣を引き連れて、こう言い放った。

『殿、ご隠居遊ばされますよう』

宗衍は反発した。改革はまだ途上にある。当座は厳しいことには変わりはないが、この仕法を墨守すればやがては好転するはずだった。最初に手を付けた者の責務として、その行く末は何としても見届けたかった。

しかし、家老はこう続けた。

『殿のご隠居に関しては、既に若様も承知しておいでです』

若様とは治郷のことだ。家臣どもは既に次期当主をも取り込んでいた。

もはや、盤面は詰んでいた。

子に家督を譲らされた宗衍は、半ば押込の形で下屋敷に住まわされることとなった。

それから十数年あまり、ただただ、水面に浮かぶ笹舟のように時の流れに漂っている。

ふと川岸に目を凝らせば浮世の有様がよく見えた。息子は宗衍が隠居するのを呑む代わりに出仕させた家臣を重用して事に当たったらしい。家臣たちは宗衍の行なった仕法をそのまま継承したのみならず、借金の棒引きを貸主に一方的に申し伝えるなど、宗衍の頃よりもさらに強引な策を採り、傾いていた家政を短い間で立て直した。本当ならば己の名と共に刻まれるはずだった名声は治郷に奪われた格好になった。

思うところがないではない。

仕法が成功したのはよかったといえよう。家祖に対しても申し開きができる。

されど、心が満たされぬ。

かつて断ち切ったはずの未練が立ち昇る。

もしも、己が政に当たっていたならば。

未練は未練であるがために燦然《さんぜん》と輝き続ける。

妖怪画や幽霊画といった奇怪なものを集め、裸の茶会を催すようになったのは、隠居してからのことだ。今にして思えばこれは、家中への当てつけだったのかもしれぬ。罪も咎もない己を狭いところに追いやった家臣に、ただただ見せつけてやりたかった。誰かに責を押し付けねば収まらぬという御家の都合で押し込められてしまった己の姿を。

金継ぎされた黒茶碗のごとく、かつての堂々たる気配を失ってしまったみじめな己の姿を。

宗衔は空を見上げた。曇っている空は、ひどく暗い。

「わしは、何をしておるのか」

自嘲したところで、何が変わるでもなかった。己が生は、一直線の絵双六《えすごろく》であったのだ、と宗衔はようやく気づく。己の生を何者かに突然切り捨てられ、偏狭な場に追い込まれ、その枠の中でひたすら醜くもがく、そんな目ばかりの出る、灰色の絵双六だったのだと。

呵々と笑った。

また咳が喉から飛び出した。いつものものだろうと高をくくっていたものの、やがて、肺腑が震えるような感触と共に、雷が走るような激痛と痺れに襲われた。いつもの咳とは違う。まるで違う。戸惑っているうちに、咳がどんどん重く、回数も重なってくる。手の中にあった赤い牡丹は蝶々に変じ、さらには焰《ほむら》に変じ、最後にはその輪郭すら失った。

「誰ぞ、誰ぞ……」

蚊の鳴くような声で助けを求めても、縁側に立つ番方には聞こえていないらしい。

やがて、立っているのも億劫になって、雪の上にうつぶせに倒れた。不思議と冷たくはない。それどころか、綿毛の中に身を沈めているような温かさを覚えていた。咳をしばし繰り返していた宗衍は、襲い掛かってきた眠気に誘われるように、ゆっくりと目を閉じた。

まぶたを開くと、天井の木目が飛び込んできた。

体を起こそうとしたがうまく行かぬ。半ば寝ぼけた眼で居場所を見渡す。すると、地獄絵図や妖怪画、幽霊画の人物たちが、宗衍のことを見下ろしていた。

同類たちがわしのことを案じておるわ。

皮肉の一つも言おうとしたものの、喉が掠れて声が出ない。

すると――。

「お目覚めですか」

女の声に思わず目が覚めた。声の方に首を向けると、手ぬぐいを絞っていたお幸の姿があった。その懐には、黒塗りの短刀が差してある。

「お幸」

思わず目を疑った。

あの一件以来、宗衍とお幸は引き合わされなかった。宗衍もあえて消息は問わなかったが、嫌でも噂は耳に入る。本当は手離したかったらしいが、刺青のある女を雇い入れるところなどあろうはずもなく、結局どこにも奉公替えすることは叶わなかった。家中の勤番武士に嫁がせようという話も上がったようだが、刺青のある女、しかもあの宗衍公〝御手付き〟とあらば要らぬ禍根を背負い込むことになる……と、皆二の足を踏んだらしい。

それにしても、なぜ今、ここに――。

桜色の単小袖を襦袢《じゅばん》なしにまとうお幸は手ぬぐいで宗衍の頬を拭きながら、ぽつぽつと言った。

「大殿様は、お亡くなりになるのですね。寂しゅうなります」

「心にもないことを」宗衍は力なく吐き棄てた。「それに、わしは、とうの昔に死んでおったのだ。当主を追われ、こうして隠居となった時からな」

「大殿様は、幽霊だったのですね」

幽霊――。そうかもしれぬ。心中で頷いた。

わずかに開いた障子の隙間から生けるものたちを眺め、時折部屋から彷徨《さまよ》い出る。たまに人と出会えば害をなさんと妖気を放ち、人を驚かさんと化かして回る。この姿は幽霊そのものではないか。

お幸は訊いてきた。ほのかに温かみを宿した声で。

「大殿様、幽霊は、生者をどう眺めているのです」

訳が分からず答えられずにいると、お幸は無表情のまま言葉を重ねた。

「以前おっしゃっておられたではございませぬか。『幽霊は、生者を恨めしくなど思ってはおらぬ』と。あのお答えを聞けずにおりました」

そんなことを言ったか。もう、すべてがおぼろげだった。

気づけば宗衍は素直に答えていた。

「幽霊は、生者のことが羨ましいのだ」

「羨ましい？　恨めしいのではなく？」

「妬《ねた》ましい、と言い換えてもよいかもしれぬ」

なぜ己は死んだのに、お前は生きている？　己はこうして冷たい土の下で寒い思いをしておるのに、なぜお前はお天道様に照らされておるのだ？　羨ましい。妬ましい。そんな思いが積もり積もって、最後には「恨めしい」に変わる。だが、怨念には溶け切らぬ羨みが残る。

恨めしさのみを墨に溶かして描かれた幽霊画など取るに足らない。もし幽霊なるものがあるとするのなら、恨めしさと同じだけ、いや、恨めしさなどよりもはるかに強い羨みの思いでもって生者を見上げ、心中の炎に身もだえしている。

羨ましかった。生きている人間が。役割を与えられ、己が生を全うしている人間が。だから、宗衍は憎んだ。己の生を奪った者たちを。そしてそれ以上に羨んだ。幽霊とならず、己が生を誇る者たちを。

偏狭な生の中にあっても、幽霊とならず生きている、お幸という女を。

お幸は底の見えぬ暗い瞳で宗衍を見据える。

「大殿様も、生きればよろしかったのです。生者を恨むことなく、日々のわずかな輝きを、一つ一つ拾い上げればよかったのです」

「そうやって、お前は生きていたのだろうな」

「だから、わたしは仕合せなのです。ほかの人を恨みには思いませぬ。羨ましくもありませぬ。だって、わたしの手の中には、仕合せの欠片《かけら》がたくさんございますから」

そうすれば、よかったのであろう。

だが、もう、遅すぎた。

宗衍は体をよじらせた。鉛のように蒲団が重く動かない。お幸に命じて身を起こさせた。

幽霊画が笑っている。地獄絵図から歓喜の声が上がる。

ずっと幽霊として彷徨ってきた宗衍は、生者を羨むことしかできなかった。

そして今は、お幸が妬ましい。

宗衍はお幸の懐に覗く短刀を手に取って鞘を払い、一息にお幸の胸に刺した。障子紙にそうするほどの感触しか手に残らない。

お幸は口元から血を流す。それでも、生きている。短刀から伝ってくる血には、確かなぬくもりがある。短刀を握る宗衍の手はかじかみ、うまく動かない。

「お幸、幽霊となれ。生者を妬め、羨ましがれ。わしの苦しみを味わえ」

放った言葉が指先と同じくらい冷えていることに宗衍は気づいた。

けれど、お幸は薄く微笑んで、短刀を握る宗衍の手を両手で包んだ。お幸の手は痛いほどに温かい。

「たとえ家族が死んでも、背中に幽霊の彫り物をされても、わたしは仕合せなのです。天涯孤独の女ゆえ、どこかに身を委ねなくては生きてゆけなくても、それでもこうして身の置き場を見つけることができたのです。だから、幽霊にはなりませぬ。だって――わたしは、生きていますから」

「こっちに来てくれ」宗衍の声は震えていた。「あまりに寒いのだ。なあ、こちらへ来てくれ」

「厭にございます。――お先に身まかりまする」

にこりと微笑んだお幸は、両手で包んでいた宗衍の手に力を籠め、突き放した。その拍子に深々と刺さっていた短刀が抜け、お幸の胸からおびただしい血が噴き出した。しばらく正座したまま微笑んでいたお幸だったが、やがて血色を失ってうつ伏せに倒れた。

お幸の桜色の着物から、幽霊の刺青がわずかに透けている。

幽霊は生者に手を伸ばすことができなかった。生者は、幽霊を拒み、逝《い》ってしまった。

短刀を力なく取り落とした雲州下屋敷の幽霊は一人、力なく笑っていた。血の気を失った生者を見下ろし続けながら。

机の上に載っていたランプが、じっ、と音を立てたのに合わせ、幾次郎は本を伏せた。

決して気持ちのいい話ではなかった。

前藩主の権威を振りかざし身寄りのない若い女を買い上げた上、その女の背中に一生消えぬ幽霊の刺青を刻み、己の鬱屈を癒《いや》す。明治五年の布達に謂う、〝風紀紊乱《びんらん》〟云々に当てはまりそうな筋をしている。本を閉じてからしばし目を表紙から逸らしていたが、ややあって、奥から清兵衛が戻ってきた。

「おや、早いねえ。もう読み終わったのかい」

三冊目なのか、清兵衛の手には本が握られている。

「なんてものを読ませるんですかい」

「胸糞悪かろう」

「そりゃもう。だいたい、こいつは黙阿弥先生には渡せませんよ。それこそ〝風紀紊乱〟に障《さわ》る内容でしょうよ、こんなの」

清兵衛は小首をかしげた。なんとなく芝居がかって見えたのは気のせいだろうか、と幾次郎が訝《いぶか》しく思うほど、その仕草はぎこちなかった。

「もし、この話が実話だとしたら、どうするね」

この話に出てくる雲州の松平宗衍は実在し、さらにその宗衍が侍女の背中に刺青を彫らせたのも事実らしい、というのが清兵衛の言だった。

「とんでもない殿様があったもんですね」

「ま、多少話を作ってはいるみたいだ。例えば、このお話の中では大崎にある下屋敷の〝魍魎《もうりよう》の間〟だが、実際は赤坂《あかさか》のお屋敷にあったらしいよ。それに、侍女の背中に彫られたのは幽霊じゃなく、牡丹の花だったらしい」

「そうなんですかい」

「でも、侍女に刺青を彫り入れたっていう宗衍公の逸話はたぶん本当なんだろうね。だとしたら、不思議だと思わないかい」

「何がですかい」

椅子に腰を下ろした清兵衛は、優しげに細めた目を僅かに光らせた。

「風紀を乱すお話を語っちゃいけない。でも、お話よりも非道《ひど》い現《うつつ》はそこいらに転がってる。実際に存在したものを、なぜ語っちゃいけないんだろうね」

「おいおい清兵衛さん、俺ぁ頭が悪いんだ。難しい問答はよそでやって……」

「大事なことなんだよ」

しばしの沈黙が部屋の中に満ちた。金文字の背表紙の数々が、今や遅しと幾次郎の言葉を待っているようにも見えて、ばつの悪さに首をひねってみたものの、答えは出ない。何も言えずにいる幾次郎に対して、清兵衛は助け舟を出した。

「意地悪な聞き方だったから、問い方を変えよう。なんでこの戯作は、こんな陰惨なことを語ろうとしたんだろうね」

考えてみたこともなかった。

かつて幾次郎――落合芳幾――は、無惨絵と言われる絵の一群を描き続けた。御一新の直前から西南戦争くらいの頃まで、無惨絵のおかげで糊口《ここう》を凌《しの》げたが、別に幾次郎自身修羅場に惹《ひ》かれるものがあった訳ではない。売れるから、求められているから描いているに過ぎなかった。

清兵衛の言わんとすることは分かる。もしかしたら、戯作者はそうして戯作を書いているのかもしれない。

何も言えずにいるうちに、清兵衛はゆっくりと口を開いた。

「この戯作者は、宗衍公の内面を知ろうとしたんだ。雲州の殿様が侍女に刺青を入れたっていう逸話はあまりに陰惨だ。あたしだって宗衍公に怒りを覚えるくらいだ。だからこそ、これを書いた戯作者は、てめえの頭の中っていう箱庭の中に宗衍公を落とし入れてこねくり回して、何とか宗衍公を理解しようとしたんだろう。そして、あたしたちにも納得できるような形にまで落とし込んだんだ」

なおも、清兵衛は続ける。

「〝風紀紊乱〟なんていうくだらない理由で、こういう営みを踏みつけにするんだから、今の政府の連中のなさりようは野暮の一言だよ」

未だ、清兵衛の狙いがさっぱり見えない。

清兵衛は演劇改良運動を始めとした芝居をめぐる現状を把握しているというのに、その風潮に反撥するかのような戯作ばかり押し付ける。話の良し悪しは幾次郎には分からない。清兵衛があの黙阿弥に紹介しようと考えたのだから、本来なら出来のいい戯作なのだろう。だが、はっきり言えるのは、演劇改良運動の嵐が吹き荒れる昨今、この戯作は黙阿弥の役には立たないということだ。

それとも――。一つの可能性が幾次郎の脳裡を掠《かす》めた。

もしや、目の前の洋装に身を包んだ古本屋は、あえてこんな戯作を紹介しているのではないか。例えば、元版元として清兵衛は今の演劇改良運動に対し思うところがあって、時代考証に重きを置かない、古き良き時代の匂いの残った戯作を贈って、孤軍奮闘する黙阿弥を鼓舞しようと考えているのだとしたら？

もしそうであれば、すべての辻褄《つじつま》が合う。

合点する幾次郎の前で、薄く微笑んだままの清兵衛は手に持っていた一冊を差し出した。

やはり和綴じの戯作だった。だが、手に取って裏表紙の内側に目を向けるも、あるはずの奥付が一切付されていなかった。つくりはしっかりしているのに奥付のない版本。ということは、元本を無断複製した重版本といったあたりだろう。無論、ご禁制の品である。

「お次はこちらだ。ま、読んでみなさい」

既に黙阿弥のことなど頭から吹き飛んでいた。目の前の老人が何を考えているのか、その疑問だけが幾次郎を突き動かしている。

幾次郎は、息を呑みつつ表紙を開いた。

女の顔

林将右衛門《はやししょうえもん》は、差し向かいに座った同僚を見返した。

赤みがかったつややかな肌が眩《まぶ》しい。色落ちのない黒羽織を誇るように胸を張り、こちらに氷のような一瞥《いちべつ》をくれている。才気を迸《ほとばし》らせながらもあどけなさを残す同僚、大塚半兵衛《おおつかはんべえ》は二十過ぎといったところ。この歳ならば臨時廻りで経験を積ませるのが常だが、同心として鼻が利くのを買われ、若くして花形の定廻《じょうまわ》りに就いている。

大塚の青さに当てられて目をそらす。部屋の隅に置かれていた鏡台に、目尻や頰に深く刻まれた皺《しわ》が溜まり、黄色い虚ろな目をしたしみったれの老人の姿が映っている。

将右衛門は南町奉行所の廻り方同心だ。還暦直前の寄る年波では町の巡回を役目とする定廻りは果たせず、後進の教導や定廻りの尻拭いに当たる臨時廻りを任されていた。

「ああ、お体が悪いんでしたね」

二年ほど前、体調を崩した。体がだるく、頭が重い。具合の悪い時には胃の腑に激痛が走る。

大塚が何かを言いかけたその時、襖《ふすま》が開いた。

廊下からお盆を持ってやってきたのは、妻のお絹《きぬ》であった。将右衛門とは対照的に若々しい。ふた回りちかく年下であるから四十そこそこのはずだが、頬や首回りの張りといい、藍色の小袖の下に隠れている肉付きのいい体といい、三十路《みそじ》の水気を十分に残している。

「大塚様、いつもうちの夫《ひと》がお世話になっております」

三つ指をついたお絹は大塚と将右衛門に麦湯を勧め、将右衛門の横に座った。

いがらっぽいものを覚えた将右衛門は湯呑に口をつける。苦い。ここのところ、何を口に入れても舌が痺《しび》れるような感覚が走る。

「そういえば」大塚は変な顔をした。「先日、お怪我をなさったとか。お加減はいかがです」

「そちらはまだましだ」

一月前のことだ。洗濯物が屋根まで飛んだから拾ってほしいとお絹に頼まれた。だが、屋根に上る途中、突然梯子《はしご》の踏《ふみ》ざんが折れて真っ逆さまに落ちてしまった。骨は折れずに済んだものの、しばらくの間足を引いて歩くはめになった。

「それにしても悪運がお強いですねえ。以前もそんなことがありましたか」

ここ十年、年に二度は水に中《あた》る。夜、廊下に転がっていた雑巾《ぞうきん》に足を取られたのは一度や二度ではない。盆栽の棚が崩れて下敷きになったこともあれば、突然厠《かわや》の床が抜けて下に落ちたこともある。将右衛門にはどうも、運がない。

湯呑を床の上に置いた将右衛門は切り出した。

「で、今日はいったい何用だい。わざわざ見舞に来たわけではあるまい」

大塚はさも当然のことであるかのように答えた。

「決まっているでしょう。お役目ですよ」

大塚は懐《ふところ》に秘めていた、一寸ほどの厚みのある帳面を将右衛門に差し出した。

「これが此度《こたび》の覚書《おぼえがき》です。林殿はずっと引き籠《こも》りで世事に疎《うと》いでしょうから、先にご覧くだされ」

ひったくるようにして受け取った将右衛門は帳面に目を通し始めた。数枚めくったところで、将右衛門は声を上げた。

「まさか、あの一件かね」

「おや、林殿の耳にも届いておりますか」

「目明かしから聞いてるよ」

白子屋《しらこや》お熊《くま》。今、江戸でこの女の名を知らぬ者はあるまい。

元より美貌で鳴らした女ではあったという。日本橋の新材木町《しんざいもくちょう》の材木問屋白子屋の看板娘として、当地はおろか本所深川《ほんじょふかがわ》の辺りでは有名だった。

この女が江戸中の耳目を集めたのは、血みどろの沙汰を起こしたがゆえだった。

お熊には又四郎《またしろう》という旦那がいた。さる大店《おおだな》の三男坊で、多額の持参金と共に白子屋と縁組したというが、お熊はこの又四郎を旦那として立てることをせぬばかりか、手代の忠八《ちゅうはち》なる男と半ば公然に密通し、又四郎を追い出そうと動いていたらしい。離縁するならば持参金は返さねばならないが、お熊とその母親のお常《つね》の浪費癖のせいで、蔵には金など影も形もなかった。

お熊は、お常と共に又四郎を謀殺せんと企てた。

横山《よこやま》何某なる善良な検校《けんぎょう》を騙《だま》し、薬を石見《いわみ》銀山にすり替えて又四郎の茶に混ぜた。しかし、量が少なかったのか、それとも頑健な性質《たち》であったのか。又四郎は蒲団から抜け出せぬ体となったとはいえ命を繋《つな》いだ。

お熊はやり口を変えた。お菊《きく》なる若い下女を用いて又四郎を闇討ちせんとしたのである。しかし、毒を盛られて伏せているとはいえ、大の男の又四郎が女子に後れを取るはずもなく、小刀を振り回すお菊を取り押さえてしまった。

又四郎は実家へと逃げ戻り、この一件をお上《かみ》に届け出た。ことここに至り、お菊に苛烈な取り調べが行われ、白子屋お熊の不義密通と夫の謀殺未遂が白日の下に晒《さら》された。

これが、白子屋お熊事件のあらましである。美女、密通、毒殺……。あまりに本件は人の目を引く要素が揃っていた。先に話題になっていた独り暮らしの老翁の連続神隠し事件の噂を押し流してしまったほど、大きな驚きをもって迎えられた。

横に座っているお絹も、口に手をやる。

「又四郎に斬りつけたお菊が、全てを話したのでは。そのおかげでお熊や忠八たちが捕まって、お奉行様の御裁きを待つばかりと……」

「意外だな。そなた、そんなに物見高かったのか」

この妻と連れ添って十年になるが、お役目が多忙に過ぎ、会話は朝晩の一言二言程度であった。病を得てからむしろ会話が増えた。日々、妻の新しい面に気づかされる。

「ええ、出入りの商人が申しておりましたような」

お絹は曖昧に答えた。武家の妻がはしたないと己を律したようだ。妻の慎みに好感を持つ将右衛門がいた。

大塚は声を潜め、将右衛門に息がかかるほど近く顔を寄せた。

「実は、その話は表向きのことなのです」

苦々しい表情を浮かべて、大塚は続ける。

「お菊がまだ何も白状しておらぬのです」

将右衛門が顎を撫でる前で、大塚はしゃんと背を伸ばして続ける。

「口を割らぬお熊に、『お菊がすべて喋っておる』と鎌をかけたところ、落ちたのです。元よりお熊と又四郎が不仲であることは知られておりましたし、忠八との密通も公然の秘密。お熊が関わっておらぬわけはない、というのは最初からの奉行所の見立てであったのです」

「なるほどな。白状せぬのは困ろうな」

奉行所では白状を何より重視する。逆に言えば、白状せぬ人間を御白州《おしらす》の場に引きずり出すことも、裁きを与えることもできない。確実に悪に手を染めたと分かっている者に対しては、手荒い真似や狡《ずる》いやり方を取ってでも口を割らせる仕儀となる。

「拷問せぬのか」

お菊の罪は明白だ。拷問に二の足を踏む理由はない。

大塚は不満げに鼻を鳴らした。

「御奉行様が首を縦に振らぬのです。——ここだけの話、口を割らずにいた忠八を海老責にしたら舌を嚙みちぎりましてね、みすみす殺してしまったんですよ。以来、拷問の許しが出ぬのです」

南町奉行の大岡越前《おおおかえちぜん》はとみに世上で人気だ。この事件が江戸っ子の耳目を集めてしまっているがゆえに、越前も手荒な調べを命じることができぬと見える。

「御奉行様も人気取りで大変みたいだね」

大塚は将右衛門の軽口を咎《とが》めるように咳払いをした。

「で、今、白状しておらなんだは……」

「下女のお菊のみですね。とにかく頑《かたく》なに口を鎖《とざ》しておるので少々難儀しております。もっとも、もはやお菊が吐かずともお熊の罪状は明らか。獄門とはなりましょうが」

不義密通の上、夫を殺そうとしていたとなれば死罪は免れ得ない。

お菊なる下女の道行は、お熊と同様だ。お菊にとって又四郎は主に当たる。果たせずとはいえ主殺《しゅうごろ》しは天下の重罪、その一命を以て贖《あがな》うことになる。

「なるほど、つまりわしの役目は」

「お菊の口を割っていただきたいのです。さもなくば、いつまで経っても牢送りにできぬもので」

「心得た。用意するゆえ、大塚、そなたは先に奉行所に戻っておれ」

「わかりました。では、お願いしますよ」

大塚は立ち上がった。送っていこうというお絹を、左様な気遣いは無用にござる、と手で制し、一人で縁側に出て行ってしまった。

「お前様、ちょっとお待ちくださいね」

湯呑を盆の上に載せて奥に消えたお絹は、しばらくして部屋に戻ってきた。

「お前様、ご用意が出来ましたよ」

「何をしておったのだ」

「お弁当を作っておりました」

お絹は手に持っている小包を掲げた。

「ここのところ、あまり腹が減らぬと言っておろうが」

もとは食い道楽であったはずなのに、出された飯も味気なくて半分は残すようになってしまった。

お絹も負けていない。満面に笑みを湛《たた》えて包みを押し付けてくる。

「そうおっしゃると思って、握り飯をこさえましたから大丈夫です。駄目ですよ、お体の具合が悪いからといってご飯を抜いては」

無邪気に頰を緩めるお絹から、ひったくるように弁当包みを受け取る。

開かれた腰高障子の向こうには、猫の額ほどの庭が広がっている。寒風にそよぐ庭の老木の枝が音もなく折れ、風に吹き誘われた。

働きを求められるのは武士の本懐だが、一方で、病身で激務を果たすのは並大抵の労苦ではない。町方役人には頑健さが求められる。臨時廻りとはいえ、捕り物をこなせぬようでは話にならない。たまたま御奉行様の引きを得て今のような立場にいるが、いつまでも左様な地位に甘えているわけにはいかない。

長年帯びている十手が、ひどく重く感じるようになった。

ため息をついた。と、その拍子に咳が出た。

「お前様、大丈夫ですか。これを」

お絹は懐から三角に折られた薬包を差し出した。端をちぎって中身を口に流し込むと、重い咳が嘘のように引いていった。

お絹は糊口凌《しの》ぎに薬種を商うような貧乏御家人の末娘だ。嫁に来る前は随分〝家業〟も手伝っていたようで、将右衛門が体調を崩してからというもの、どこかから薬草をもらってきては薬研《やげん》で自ら磨り、薬を作る。これもまた、最近知った妻の一面だ。

「ああ、助かった」

呼吸を落ち着かせた将右衛門は縁側に出た。今にも雨が降りそうな雲行きであった。

八丁堀《はっちょうぼり》の一角に建つその建物は、全体から怪しい瘴気《しょうき》を放ち、陰鬱な色を町全体に投げかけていた。道行く人も門番と目を合わさぬよう、下を向いて門前を通り過ぎていく。

建物に近づいた将右衛門が番人に目配せして潜り戸をくぐると、奥から人のうめき声や叫び声が聞こえてくる。最初は辟易《へきえき》したものだが、同心となって五年も経った頃には慣れてしまった。

ここは大番屋《おおばんや》だ。

奉行所に引っ立てられた者のうち、取り調べの済んでおらぬ者が留め置かれる場所である。白状すれば小伝馬町《こでんまちょう》の牢に入れられて御白州での御裁きを待つことになるが、口を割らぬ限り、いつまで経ってもこの大番屋に留め置かれる。

将右衛門は、大番屋の奥にひっそりと建っている小屋の木戸に手を掛けた。

戸を開くと、部屋の中に横たわる暗がりが将右衛門を待ち構えていた。戸から差し込む明かりを頼りに燭台の蠟燭《ろうそく》に火をともすと、部屋の輪郭がぼんやりと浮かび上がる。壁に取り付けられた金輪に渡されている鎖の先には鉄の手枷《てかせ》が括《くく》り付けてあり、板敷きの床の上でとぐろを巻いていた。

拷問部屋だ。

将右衛門は蠟燭の火を頼りにこれまでの調べ書に目を通した。弁当の握り飯にすら苦みを覚えるのに倦《う》み、身勝手な理由で一人の男を殺さんとしたお熊の所業に胸やけを起こしながら。

手についた米粒を口の先でつまんでいると、表から小者《こもの》に引き連れられた女が入ってきた。

後ろ手に縛られ、腰に縄が巻かれているその女の目には生気がない。十六、という飲み込みがなければ、齢《よわい》三十ほどに見えただろうか。大番屋での長逗留が女の陰影を深くしている。やつれを差っ引けば、その辺にいる町娘と大して形《なり》は変わらない。

将右衛門はいつもよりも高めで、明るい声を発した。

「よく来たね。……ええと、お菊さん、だったね」

女は声を発さず、こくりと一つ頷いた。

顎に手をやった将右衛門は、努めて陽の気を発して煙草盆を指した。

「すまないが、煙草を吸ってもいいかね」

お菊は小さく頷いて答えに代えた。

銀煙管《ぎんぎせる》の先に煙草を詰めて火をつけながら、土間に敷かれた筵《むしろ》に座らされたお菊の様子を窺う。お上に対して反抗しようなんて剛腸《ごうちょう》な女子ではないことは怯《おび》えた表情からも見て取れる。だが、どうしたわけか口を開く気もないようで、目を合わせようともせず、筵の目を数えている。

口の端から紫煙を吐き出し、しばしその行く先を眺めていた将右衛門は、噛んでいた煙管の吸い口を離した。

「お菊さんよ。あんたのことについて、教えてくれやしないかい。あんたはどこの生まれなんだい」

話しかけられてずっと無反応を通すのは意外に体力が要る。怒りでも悲しみでも、あるいは蔑《さげす》みでも――、相手から何か引き出せば、蔓《つる》を引っ張るようにして心の内奥に迫ることができる。

しばしの沈黙の後、お菊は乾いてひび割れている唇を少し動かした。

「上総《かずさ》の大多喜《おおたき》で、ございます」

「あすこら辺は養老《ようろう》渓谷の紅葉が見ものらしいね」

「はい、一度しか見に行ったことがありませんが、それはもう綺麗なものでした」

「そうかい。誰と行ったんだい」

「お父っつぁんとおっ母《か》さんと妹、そしてわたしの四人で。子供の頃でしたか、あの時は皆笑顔で、思えばあの頃が一番楽しゅうございました」

目の前の縛られた女は、遠くを見るような目をして笑みを浮かべていた。その瞼《まぶた》の裏には、燃えるような紅葉の山が映っているのだろうか。

「息災なのかい」

「――いいえ。数年前に、貧乏して離散と相成りました」

「ああ、そりゃあすまないことを聞いちまったね。許してくんな」

「よいのです」

三年前父親が行方《ゆくえ》知れずとなったことで家が傾き、僅《わず》かな伝手《つて》を頼りに江戸に出て白子屋に住み込みで入ったという経歴は奉行所も調べ上げており、将右衛門も頭に叩き込んでいる。大塚が『白子屋の奉公人たちはどうしたわけか悉《ことごと》く天涯孤独の身の上であるか、実家との縁が切れており、家族の線からの調べが面倒でしてね』とぼやいていた。お菊もその一人らしい。

「若いのに、苦労したんだね」

恐縮するように、お菊は頭を下げた。

また煙管の吸い口をかじる。お菊はといえば、所在なげに部屋の隅にこびりついた闇に目を向けている。

「もしかして、牢の蔓を気にしているのかい」

牢では蔓、つまり賄賂《わいろ》がものを言う。地獄の沙汰も金次第というやつで、多くの蔓を持ち込んだ者は牢内でも厚遇される一方、一文無しの者は人扱いされず、それどころか牢が手狭になった時には囚人によって間引きされることさえある。奉公人では大した蔓は用意できまいから、牢では肩身の狭い思いをすることになる。

お菊は首を振った。

「お言葉ですが、罪人の身の上、牢なんて少しも怖くはありませぬ」

「そうなのかい。じゃあ、どうしてだんまりを決め込むんだい」

下を向いて黙りこくってしまったお菊を見据え、将右衛門は煙草を灰入れに打ちつけた。かつん、という音が部屋の中に響き渡ると、お菊は、雷を恐れる子供のように肩を震わせ身を縮ませた。

手の内でくるりと煙管を弄《もてあそ》んだ将右衛門は話を少し変えた。

「そういえば、又四郎さんだがね、もう怪我も治ったらしいよ」

お菊は顔を上げ、蠟燭に照らされた目をわずかに開いた。

「今じゃぴんぴんしているようだよ。よかったね、あんた、まだ手は真っ黒になっちゃいない」

実は嘘だが、嘘も方便というものだ。

「そう、ですか」

違和を覚えた。というのも、お菊の答えがどこか捨て鉢《ばち》だったからだ。

正体を見極めようとしたその時、お菊がぽつりと口を開いた。

「お熊様は、どうなったのでしょうか」

やめんか、と小者がお菊を小突いた。だが、棒で打ち据えようとしている小者を一喝して押し留めた。

正直に答えてやった。

「御白州に送られて、御裁きが言い渡される頃だよ。きっと、死罪は免れないだろうね」

「――わたしはいったいどうなるのでしょうか」

「このまま喋らないと、あんたを拷問にかけなくちゃならなくなる。でも、結局あんたは主を殺そうとした罪で裁かれるだろうね」

「そう、ですか……」

「洗いざらい話しちまいな。拷問にかかって痛い思いをしなくてもよかろう。自分の見てきたことをすべて喋っちまうんだよ。そうすれば、楽になる」

お菊は諦めたように首を振る。小者が腰縄を引いて肩をいからせても、将右衛門が優しく声を掛けてやっても、娘は口を真一文字に結ぶばかりで、目を合わせようともしなかった。将右衛門のため息が、狭い部屋の中で響いた。

「今日はこれで終《しま》いにしようか」

小者に命じてお菊を下がらせた。

暗い部屋に一人残された将右衛門は、銀煙管を指先でくるくると回しながら思案する。

だんまりを決め込む人間には、二つの種類がある。

貝のように口を閉ざし一言たりとも発さないか、己の都合の悪いことにのみ一切答えないか、だ。

お菊は後者だろう。人との関わりを断とうとしているわけではない。人間に絶望し信じられるのは己ばかりと心定めているような手合いとは違う。だが、肝心要に至ると何一つ喋らなくなってしまう。

お熊らは持参金を返すのを厭《いと》い又四郎を殺そうとしていた。もはや隠し立てするものはない。奉行所が捕まえていない仲間を庇《かば》い立てしているのかもしれぬ。そう思い至った将右衛門は、調べ書に今日の日付を付して、その旨を書きつけながらある疑問に捉われていた。

己の生《い》き死《し》ににすら興味を失くしてしまっているお菊が、今更何を恐れているというのだ？


仏壇の小さな鈴《りん》を鳴らし、寺から貰ったお札に向かって手を合わせた。お札の前には小さな位牌が二つ並んでいる。すっかりくすんだ色合いに変じ、ところどころ黒い漆がはげかかっている右の位牌は、時の流れを残酷なまでに告げていた。

二つの位牌に向き合っていると、奥の間からお絹がやってきた。お絹は目を見開いて口のあたりを手で押さえている。

「わたしも」

お絹は将右衛門の後ろに座り、手を合わせた。しばらく瞑目《めいもく》していたお絹は、午睡《ごすい》から覚めたような目をして右側の位牌を見遣った。

「お前様、姉さまは、よい妻でしたか」

「ああ」

己の口から飛び出したはずの返事は、やけに余所余所《よそよそ》しい響き方をした。

右側の位牌は、十五年前に死んだ最初の妻のものだ。

鼻筋の通った美人ではあったが、あまり思い出らしい思い出がない。

悪党どもをひっ捕まえて獄に送ることにある種の愉悦さえ覚え、将右衛門は家を顧みることがなかった。大きな仕事がある時には一月あまり家に帰らないこともざらだった。かくの如くであったから、将右衛門は最初の妻の死に目には逢っていない。

剃刀《かみそり》で首筋を切った、自死であった。将右衛門が見たのは、清められた女の遺骸と、何度拭いても赤黒いものが残る畳敷きの部屋だけだった。

このとき、心の水面には小波《さざなみ》さえ起らなかった。十数年添った妻だ。いなくなったことに寂しさはあったが、その思いが〝悲しみ〟という強い輪郭を持ちうるほどには、妻という人間の内奥《ないおう》に深入りしていなかった。

左側の位牌は、将右衛門の母のものだ。元々性質の違う嫁と姑ではあったが、母は先妻に子ができないことを詰《なじ》っていた。家に戻れば先妻をいたぶる母の姿を見なければならず、味噌汁が塩辛いだの掃除が雑だのと愚痴をこぼし、目を吊り上げて汚い言葉を使う姿に閉口した。そうして気づけばお役目に没頭し、家に帰らない日が続くようになっていた。

母が死んだのは十年ほど前のことだ。ある日、お絹が厠で冷たくなっていた母を見つけ、奉行所に詰める将右衛門に知らせてくれた。報せを聞いた時、息をついたのを今のことのように思い出すことができる。

先妻の死後、娶《めと》ったのがお絹だ。最初の妻の末の妹に当たる。お絹は母とぶつかることはなかった。母が死んだのは、お絹が後妻に収まってすぐのことだった。

お絹とは枕を交わしたことがない。初夜に手を伸ばそうとしたその時、お絹は将右衛門の手を拒んだ。その強張りを前にして困惑しなかったといえば嘘になる。離縁してもよかったが、結局のところ、身の回りの世話さえしてくれればあとはよいと、ことを荒立てることはしなかった。

昔のことを何とはなしに思い出していた将右衛門を現《うつつ》に引き戻したのは、お絹の言葉だった。

「――ところで、お熊の件はどうなったのですか」

「そんなことに興味があるのか。意外だな」

お絹は誰に対する言い訳か、少し早口に応じた。

「いえ、最近誰も彼も噂にするものですから」

「だな。――正直、うまく行ってはおらぬ」

お菊はまるで口を開こうとしない。世間話には応じるものの、肝心なところではいつも口を真一文字に結んでしまう。

お熊が時々男に身をやつして忠八と共に夜の町に出ていた、という新しい証言が得られたが、これは逢引きであろうから取るに足らないものだろう。実際、奉行所もあまり注目していない。

むしろ奉行所が怪訝《けげん》がっているのは、被害者であるはずの又四郎だ。

「又四郎さん、ですか？」

「ああ。どうも解せぬ」

実家に戻った又四郎が憔悴《しょうすい》しきっていると出向いた大塚が言っていた。既にお菊から受けた傷も治り、己を殺そうとした者どもは牢に入っているのに、病と称して寝込んでいるらしい。南町奉行所の名前を出して無理やり面会してみれば、もはや骨と皮ばかりの風体となり、しみの浮かぶ顔を青くし、奥歯を鳴らすばかり。顔を何日も洗っていないのか白いものが浮かぶ頬を手で覆いながら、ああ、とも、おお、ともつかぬ声を上げ、がたがたと震えているばかりという。

あれでは話にならぬ、という大塚のぼやきももっともだ。

又四郎のこの態度は何だ？

お熊には捕まっていない仲間がいて報復に怯えているのだとすれば辻褄は合うのだが、奉行所が身辺の護衛を申し出たところ当の又四郎が断ってきた。

話を聞いていたお絹も小首をかしげている。

「どういうことでしょうかねえ。……そういえば、又四郎さんに盛られていた毒の出所はわかっているのですか」

「ふうむ、確か、さる薬屋から求めたとお熊は白状しておるが、その薬屋は白子屋に売った覚えがないと申しておるようだ。ま、大方薬屋も累《るい》が及ぶのを嫌がっているのだろう」

「そうですか」

お絹は立ち上がり、仏壇を一瞥すると将右衛門の肩を叩いた。

「お前様、もうそろそろお役目の時分ですね」

「そうだったな」

立ち上がった将右衛門は、腰に刀を差して屋敷を出た。

八丁堀の大番屋でのお役目だというのに、まずは南町奉行所に顔を出さねばならない。お役所の杓子《しゃくし》定規なさりようにいらつきながらも、奉行所のある数寄屋橋《すきやばし》御門内へと向かっていく。

すぐに辺りの様子が普段と異なることに気づいた。道行く人々が浮足立っている。見れば、男や子供が我も我もと表通りに駆けてゆく。神輿《みこし》でも見に行こうかという風だ。何かあったのか、と道行く職人風の男を捕まえた。その男は、将右衛門の黒羽織を見るや、間抜けたことを言ってるんじゃないよ、と言わんばかりに短く笑った。

「奉行所のお役人様がご存じないのかい。あの、白子屋お熊の引き回しじゃないかい」

礼を言って男の背中を見送った将右衛門は、今日であったか、と言い訳がましく独りごちた。

お熊はすべてを白状しており、御裁きを待つ理由はない。夫殺しを企てた毒婦として、市中引き回しの上での獄門が言い渡された。

興味が湧いた。お熊の一件に携わっているくせに、その首魁《しゅかい》の顔を拝んでいない。将右衛門は気もそぞろに表通りへと出た。

八丁堀の小道は喧噪の中にあった。幾重にもなった人垣の中、指笛を吹く者、団子を売りつけんと声を上げる者、親とはぐれたのかわんわんと泣き声を上げる子供もいる。

周囲の声がしんと静まり返った。

道の向こうから、高手小手《たかてこて》に縛られた女が馬に揺られてやってきた。馬の周囲には、罪科を書き入れた高札や、抜き身の槍を掲げ持つ小者、周囲に目を光らせる同心たちの姿がある。もしも馬上の人に縄が打たれていなければ、さながら旗本の行列のようですらある。

馬上の女が人波の間から姿を現したその時、将右衛門は思わず息を呑んだ。

牢疲れを感じさせないその姿に、死神の影は寄り添っていなかった。女房結びにした髪が少し乱れ、口元をわずかに開いてあえいでいる。頬を染めて目を伏せる形は、女の色香をかえって引き立てている。遠くからでもよく映える真白の襦袢《じゅばん》の上に黄八丈《きはちじょう》をまとい、荒縄がその上から食い込んで、服に隠れた女の柔肌を浮かび上がらせていた。もしも縄が打たれていなければ、花魁《おいらん》かと見紛うほどだ。

何より将右衛門を唖然とさせたのは、お熊の表情であった。

涼しげ、とも違う。冷笑、とも違う。口角を上げ、小鼻を膨らませながら、どこか楽しげに人々の視線を浴びている。遠くで見ている将右衛門ですら一瞬だけ我を忘れて見入っていた。陶酔のゆえかとろんと蕩《とろ》けた女の目、そしてその目尻にある大きな泣き黒子《ぼくろ》から目が離せなかった。

お熊の浮かべている表情をなんと言い表すべきか思いあぐねていた将右衛門であった

が、行列が通り過ぎ、黄八丈の背中が遠くの人の波間に消えた頃になって、ようやく正《せい》鵠《こく》を得た言葉を引き出した。

あれは、勝ち誇りの表情であった。

うすら寒いものを覚えた将右衛門は、見物の人垣から離れた。

後になって、舌を嚙み切って自死した忠八が同日に獄門に処されたと耳にした。


いつものように大番屋の拷問部屋に入ろうとした将右衛門は、はたと気づいて大仰に戸を開いた。

蠟燭の明かりだけが揺らめく中、細かく割った竹束を手に持った男たちが筵の上に座る女を見下ろしていた。明かりに照らされているゆえか、男の顔も女の顔もひどく紅潮して見える。

男の一人——大塚半兵衛が将右衛門に気づいた。

「おや、遅かったですね」

「何をしておる」

「決まっているでしょう。力ずくで口を割らせるつもりです」

立ちはだかる男たちの間から姿を覗かせるのは、やはり、お菊であった。まるで慄《おのの》く風がなかった。

「何を言っておるのか分かっているのか。御奉行様の命をないがしろにする気か」

「それをあなたがおっしゃるのですか」大塚は冷たく言い放った。「あなたがもっと早くあの女の口を割らせればよかったではありませぬか」

「御奉行様のご命令が」

「着物で隠れる部分を痛めつけたところで御奉行様には分かりますまい。この事件をこれ以上引きずるわけにはいきませぬぞ」

割って入ろうと体を滑り込ませんとした将右衛門の前に、大塚の周囲にいた同心たちが立ちはだかる。押し通ろうとするものの、腕っぷしでは若い者には負ける。

その間にも将右衛門は叫んだ。

「待て！　やめい、早まるでない」

「問答無用」

大塚は近くにいた小者に命じ、お菊の口に猿ぐつわを噛ませ、後ろに回り込ませると帯結びを乱暴に解いて着物を引き剝がさせた。やめよ、と言おうとした将右衛門であったが、思わず口をつぐんでしまった。

誰もが茫然とする中、声を上げたのは、大塚であった。

「な、なんだ、これは……」

拷問部屋にいる皆が、表情を凍らせた。

筵の上で身ぐるみ剝《は》がされたお菊は、芋虫のように転がって無表情で筵に顔をうずめていた。真っ白なお菊の肢体には無数の傷が走っていた。蚯蚓腫《みみずば》れは当たり前。中には刀傷のような切創や、棒状に爛《ただ》れた痕、さらには硬いもので強く叩かれたような痣《あざ》も無数にある。

将右衛門は地面に転がるお菊に己の羽織をかぶせ、腕で抱き、猿ぐつわを外した。しかし、お菊には羞恥《しゅうち》もないのか、無惨な姿の胸を隠そうともしなかった。そして、裾《すそ》の間からわずかに覗く女陰も、取り返しのつかぬほどにあるべき形を失っていた。身に刻まれた傷の数々が、拷問を加えた者の心の歪《ゆが》みを物語っていた。

「どういうことぞ」将右衛門は同心たちを睨んだ。「まさか、折檻《せっかん》をしておったか」

「違う……。しておりませぬ……」

見ればお菊の傷の多くは治りかかっている。傷の上に傷が重ねられ、醜い傷跡として残っていることを〝癒《い》える〟と称するのならば、の話だが。いずれにしても、この娘はかなりの長い間大番屋にいたはずだが、ここで受けた傷が癒えるほどの長きにわたるものではない。

将右衛門は抱いているお菊の肩をゆする。

「何があったのだ」

お菊はゆるゆると首を振る。その瞳の奥は、泥沼のように昏《くら》かった。

閃《ひらめ》くものがあった。将右衛門はお菊の耳に口を近づけて、一言、こう述べた。

「今日、お熊の獄門だったのだ」

先ほどまで糸の切れた操り人形のようであったお菊が、途端に生気を取り戻した。凍り付いていた表情を動かし、曇りのなくなった目で将右衛門を見返した。

「真《まこと》のことですか」

「嘘ではない。今日、お熊は死ぬ。もう、お前を苛《さいな》んでいた者はいなくなる」

ああ、と声を上げたお菊は、その両の瞳から涙を流し、将右衛門の肩に頭を預けた。

しばらくはそのままであっただろうか。ずっと、子供をあやすように背中を撫でていた将右衛門は、最後の一押しのつもりで静かに声をかけた。

「怖かったであろうな。よくぞ、耐えた」

しばし、お菊は三和土《たたき》を見下ろしていた。まるで、探し物をするかのように。しかし、そこには何も落ちていなかったと見え、顔を上げるや涙でくしゃくしゃにした顔を向け、

「――ようやく、お熊様から離れることができるのですね」

と、どこか晴れやかに言った。


翌日、日本橋から離れた芝《しば》の町外れに、将右衛門はいた。大塚も伴っている。

遠浅の海が広がるこの辺りは浅蜊《あさり》採りや海苔《のり》を取る漁師が居を構えている。墨引の内とはいえ奉行所の人間がやってくるのは珍しいのだろう。いぶかる辺りの漁民たちに話を聞き、海岸沿いを歩くうちに、お菊の吐いた場所へとやってきた。

辺りに強烈な臭いが漂っている。聞き込みをしている最中、『大漁続きなもんで買い手のつかねえ魚の始末が追いつかなくて困る』と漁民が鼻をつまんでぼやいていた通り、

町の外れに爛れた魚が山積みになっていた。

腐った魚の山の間にぽつんと建つ板葺の小屋が将右衛門たちを出迎えた。屋根は海風ですっかり色を変え、今にも落ちそうなほどに朽ちかけている。何も知らなければ漁具を納めておく小屋であろうと合点するところだ。

黒っぽい小屋を見上げる大塚は、半信半疑といった風に口を開いた。

「それにしても、あの女の言を信じてよいものでしょうか。いくら何でも突飛に過ぎる」

「だからこそ、ここに来たのではないか」

将右衛門は戸に手を掛けた。押しても引いても動かない。力を込めても駄目だ。戸に何かが引っ掛かっているような手応えだ。

「どいてください。こういう時には――」

将右衛門がその場から退くや、大塚は戸に向かって前蹴りを放った。

「こうやるのです」

中ほどから真っ二つに折れた戸は小屋の闇に呑まれた。

暗がりに目を向ける。だが、外から差し込んだ一条の光のほかには明りらしい明りもなく、他の窓などもすっかり閉め切られている。

将右衛門は思い定めて中に踏み込んだ。

思わず、足を止めてしまった。

小屋の中には息もできぬほどの異臭が満ちていた。

夥《おびただ》しい羽音が耳朶《じだ》を叩く。

懐から手ぬぐいを取り出して口を覆い、意を決して奥に進む。真っ暗な小屋の中、足元で柘榴《ざくろ》の粒が弾けるような感触が走る。胃の腑のものがせり上がってくる感覚を無理やり抑え込み、暗がりの中、わずかに輪郭が浮かぶ窓に手を掛けた。

小屋の中に光が満ちた。

その時、大塚が顔を青くして外に飛び出していった。しばらくすると、外からえずく声が聞こえた。

八畳ほどの広さがある小屋の壁に備え付けられている鉤《かぎ》には、ところどころ刃が欠けている鉈《なた》のような刃物がいくつもぶら下げられていた。さらには、大きなやっとこや砥石、大金槌などが雑然と放り出されている。

目が慣れていくに従い足元の様子が浮かび上がってくる。三和土には、赤黒い、粘着質の何かが広がっていた。壁にまで同じものがこびり付いている。

そして――。小屋の奥には、それがあった。

肌の色が変わっている、どころか、肌と呼びうるものさえ残っていなかった。黒く変色した肉は腐り落ち、顎が外れて口が大きく開かれている。男か女かもはや見分けはつかなかった。なぜか右腕は見当たらず、切り口は黒く爛れ、わずかに白い骨が覗いている。目や鼻があったと思しき穴や傷には蛆虫《うじむし》が寄り集まるように蠢《うごめ》き、枯れ葉がこすれるような音を立てながら、残っている肉を蚕食《さんしょく》していた。それはもはや、人、と呼んでいいものではなかった。

お熊が獄門にかかったと知り、お菊はすべてを白状した。そして、裏を取るために又四郎を奉行所に引っ立て、お菊の話したことをすべてぶつけると、又四郎は髪を掻きむしり、声にならぬ声を上げてその場に突っ伏した。落ち着け、と何度も肩をさすってやると、ようやく呼吸を整えた又四郎はぽつぽつと口を開いた。

『お熊は、人の皮を被った化け物だった』

大店の婿養子という立場、美しい妻を手に入れ、最初は有頂天であったという。そんな思いが間違いであることに気づいたのは、無事に祝言も終わり、二人っきりになった初夜でのことだった。

お熊は寝床の上に端座《たんざ》していた。薄い襦袢姿はお熊の柔らかで豊満な躰《からだ》を隠すことはない。逸《はや》る気持ちを抑えつつ、又四郎はお熊の頬に手を伸ばした。

お熊は又四郎の手を取った。そして――又四郎の指を、全体重を掛け、折った。

あまりに突然のことに何もできなかった。激痛に悲鳴を上げる又四郎を見下ろすお熊は、反り返って赤黒く変じた又四郎の指先を舐《な》め、こう言い放った。

大きな顔をしないで頂戴ね。あなたみたいなうだつの上がらない三男坊が、わたしに触れていいわけがないじゃない。

お熊の冷え冷えとした目を見た時に、この女からは逃げられぬ、そう悟った、という。

『そもそも私は婿養子。外聞もあります。初夜に縁切りなんてできなかった』

奇《く》しくも、似たようなことをお菊も言っていた。

『菊には身寄りがございませぬ。もし、白子屋から追い出されたら、どこにも帰るところはなかったのです』

逃げ場のない者たちを選び出し、引き入れる。それがお熊のやり口だったのであろう。事実、大塚たちの調べによると、白子屋の奉公人たちは天涯孤独であったり、あるいはお熊によって家族との縁を切られていた。

その後、お熊はことあるごとに又四郎を罵《ののし》った。馬鹿、間抜け、生きている値もない、壁蝨《だに》みたいな男ね……。萎縮すればするほど店の手伝いをしくじるようになる。するとお熊は〝罰〟と称して金を取るようになった。気づけば又四郎の有り金はすべてお熊に巻き上げられていた上、服も〝抵当〟に入れられてしまい、普段から褌《ふんどし》一つで屋敷の中に留め置かれるようになった。

『それだけじゃありません。厠《かわや》に行くのさえ、お熊に許しを得なければならなくなりました。金も払えぬ貧乏人が厠を使うんじゃない、というのがお熊の言い分でした』

当然こらえ切れずに粗相をしてしまう。お熊はそんな又四郎をなじり、店の者たちは嘲《あざけ》った。

なぜ怒ったり抵抗したりしなかった？　そう聞くと、又四郎は首を振った。

『あの店全体が、皆お熊の意のまま。逆らえば、男たちに折檻される。気づけば私も、お熊の顔色を窺い、振舞うようになりました』

それに、と又四郎は付け加えた。

『お熊が天女のように優しくなるときがあります。あんたはいい男よ、あたしの言うことを聞くあんたが好き。そんなことを耳元で囁くんです。いつも折檻されていてあれほど憎んでいるはずなのに、その言葉が聞きたくなる。お熊が優しくなるのは、奴に命じられたことに従ったときだけでした』

これもお菊の言葉で裏付けられる。

『お使いを果たした時には、お熊様はおっ母さんのように優しく撫でて抱きしめてくるんです。あなたのことが大好きなの。わたしを失望させないで頂戴。そう言うんです。そんなお熊様の言葉が聞きたくて、気付けばわたしは……』

犬を躾《しつ》ける時には己の言うことを聞いた時だけ可愛がればいい。さすれば飼い主の顔色を窺う忠犬になる。

又四郎は首を振った。

『そんな頃、お熊が、こんなことを言ってきたんです。——手伝ってほしいことがあるの、って』

白子屋から逃げ出そうとした丁稚《でっち》の折檻に駆り出された。拳の皮が剝がれるほどに殴りつけさせられた。やがて、どこからか連れて来られた、店の者ではない老翁を殴らされるようになっていた。折檻した老人は一人や二人ではない。このご老体たちは何者なのだろうと疑問を抱きつつも、やらねばやられる側に転がり落ちてしまう、そんな恐怖に引きずられ、従い続けた。

ある日、お熊はこんなことを言った。

『あんたにそろそろ〝始末〟を頼もうかしら』

この小屋の光景こそが、お熊の謂う、〝始末〟の痕だ。

妻に先立たれ、死ぬのを待つ年配の男はひどく孤独だ。その心の隙間に滑り込む。最初は甘い言葉を糸にして相手をがんじがらめに縛り上げ、忠八やお菊、又四郎といった手の者を使って折檻し、金を引き出せるだけ引き出す。お菊によれば、お熊は独り身、すなわち、いなくなっても誰も探すことがない男に狙いを定めていたらしい。もう何も出ぬとなったときには、この小屋へと招き入れた。

お菊はこう言っている。

『白子屋の身代《しんだい》はお熊様の派手好みのせいで奉公人のわたしから見ても随分傾いていました。金持ちから金を奪うのは、利のあったことなのかもしれません……。けれど、きっとあの方からすれば、金を巻き上げることは二の次だったんです。己より弱い者を虐《しいた》げ、踏み潰し、壊すのが愉《たの》しかったのでしょう』

この見立ては間違ってないだろう。でなくば、長々と押し込めて、拷問まがいのことを行なう必然がない。

又四郎はその日のことをこう語っている。

『ある日、お熊は私とお菊を小屋に呼びつけて、折檻で顔が腫《は》れ上がった老人を前にこう言ったのです。〝二人とも、まだ人を殺したことないでしょう？〟と。私にはできなかった。けれど、横にいたお菊は、青い顔をしながらも、鉈を手に取って老人の頭をかち割ったんです』

ああ、と唸《うな》り、又四郎は両手で顔を覆った。

『慄く私を見透かすように、お熊はこう言うのです。お菊から奪った血まみれの鉈を私に向けて。あんた、さも自分の手は真っ白だって顔をしているけど、もう、獄門行きで決まりなのよ、って。そうか、私もお熊と同じ側だと気づかされた時には、お熊の言うがまま、老人の死体を膾《なます》にするしかなかったんです』

本来であれば犠牲者であったはずの又四郎は、かくして悪意の蜘蛛の糸に絡め取られた。その日から又四郎を待っていたのは、『なぜあの爺を殺さなかったのか』という難詰、そして、折檻の嵐であった。

『部屋に押し込められ、何日も何日も奉公人たちに殴られ続けました。それも、胸とか腹とか――、目に触れぬところばかり。折檻で反吐《へど》も出なくなった頃、横山なる検校《けんぎょう》に苦い味のする妙な茶を飲まされました。焼けるような胃の腑の痛みに、毒を盛られた、と分かりました。おかげで今でも何を食べても苦み以外の味を感じません。舌が焼けてしまったのでしょう。――ああ、死ぬ。初めて頭をかすめました。その時、お熊が、私をすっと抱きすくめてきたんです。〝ねえ、わたしの言うことを聞いてよ。じゃないとあんた、死んじゃうよ〟と。頭ではわかっているのです。私を殺そうとしているのは目の前の女だと。でも、私は頷くほかありませんでした。目の前の苦痛から逃れるためです。そのおかげで折檻は取りやめになり、蒲団に寝かしてもらうことができたのです』

それでも又四郎は逃げた。そのきっかけが、お菊の刃傷《にんじょう》事件であった。

『お菊に斬りつけられた時、目が覚めたのです。ここにいたら、いつか殺されて——あるいは殺してしまうと。あの老人たちのように、膾にされて捨てられるのではないか、あるいはお熊と同じ化け物になってしまうのではないか、と。だから、逃げたのです。行き場のないお菊たちは逃げるなんて考えすらしなかったでしょう。私がそうできたのは、単に白子屋にいた時期が短く、実家という逃げ場があったから——。お熊に縛られ切っていなかったからにすぎません』

又四郎の言を反芻《はんすう》しているうちに、表から大塚が戻ってきた。口のあたりを手ぬぐいで押さえ、青い顔で小屋の中を見渡す大塚は、首を何度も振った。

「こんなむごいことがよくできますね。人の所業とは思えませぬ」

「何を言うか。嫌になるくらい、人の所業であろうが」

赤黒いしみが、将右衛門の足袋を染めはじめている。その感触は、まるでお熊の悪意が、己が体を真昏《まつくら》な沼に引きずり込もうとしているかのようだった。

ふと、八丁堀で見たお熊の陶然とした表情を思い出した。

筵の上に座るお菊は、以前のように、頑なに他人を拒む様子はなくなり、将右衛門の問いかけにも答え仄《ほの》かに微笑むようにすらなった。

幾度かの問答の末に書き上がった証文の内容を読み上げ、異存がないかをお菊に問う。お菊は、何もございませぬ、と答えた。

証文を脇に置いた将右衛門は口を開いた。

「お菊さん。これでそなたは牢へと送られることになる。安心するといい。お熊はもうあの牢にはおらんよ」

「お心遣い、ありがとうございます」

縛られたままのお菊は、それでも身をよじって頭を下げた。

ずっとお菊が口をつぐんでいたのは、牢にお熊がいたからだ。小伝馬町の獄には女牢は一つしかない。牢に入ればお熊と鉢合わせする公算が高かった。そうなれば、死よりも過酷な折檻が繰り返されたはずだ。

「のう、お菊さん。いくつか聞いてもいいかね。もう、証文は出来上がった。ここから先のことは一切書かぬ」

筆を置くと、お菊は素直に頷いた。その様を見届けながら、将右衛門は優しい口調を選び取りながら問いかけた。

「では。まず一つ。なぜそなたが又四郎殺しに選ばれたのであろうな」

腑に落ちずにいた。普通に考えれば、女が男を腕力で殺せるはずはない。白子屋には手の者として使える男がいくらでもいたはずなのだ。

その疑問にお菊は明確に応じた。

「お熊様は又四郎様を殺すつもりはありませんでした。『又四郎は躾《しつけ》が足りないみたいだからあんたの手で折檻してやりなさい』と言っていました」

後戻りのできないお菊は、お熊の操り人形だった。何のためらいもなく、お熊の差し出した小刀を受け取った、という。

「又四郎様は、まだお熊様に屈服していなかったんです。羨ましい、心からそう思いました。そして、憎い、とも思いました。あなたの手はまだ汚れていない。けれど、わたしの手はもう汚れている。こんなむごいことがあるのかしらって」

辻褄が合う。〝始末〟の様子を見せられてもなお、又四郎は良心を残していた。

「あともう一つ。又四郎に盛った石見銀山について、何か知らぬか」

お菊の証言を得たことで、この事件の全貌が明らかになった。だが、唯一解せぬのが、毒のことであった。横山何某は薬と思い毒を又四郎に飲ませてしまったと供述している。すり替えはお熊の差し金であろうが、お熊が誰から毒を入手したのかが分からない。

しばし思案をしていたお菊は、控え目に答えた。

「わたしも詳しくは存じませぬ。が……。左に泣き黒子《ぼくろ》のある武家の細君から貰ったとお熊様が言っておりました」

「武家から？」

「お熊様も、二年ほど前から使っていると言っていました。胃の腑を傷める薬のようで、たくさん飲ませるとぽっくりと、少しずつ飲ませると病を患うように逝《い》く、とのことでした。お熊様がその人のことを、『わたしと同じ左の泣き黒子がある、同じ穴の貉《むじな》なの』と言っていました」

「同じ穴の貉？　どういうことだ」

「石見銀山を分けてもらう時に、既に姑を殺したお墨付きがあるってうそぶいていたみたいです。あと、憎い相手を活かさず殺さず薬と毒を交互に与えてじわじわと痛めつけている、なんてことも話していたみたいで、あれも相当な悪《わる》だねってお熊様は笑っておいででした。もちろん逢ったことはありませんが、お熊様によく似たお方かもしれません」

毒の出元が武家とすると、もはや町方同心である将右衛門では手が出せない。武家絡みは目付の仕事だ。御奉行様に事の次第を報告した後、目付が動くことを祈るばかりだ。

腕を組んだ将右衛門は話を打ち切った。

「そうであるか。……ご苦労であったな。これでそなたへの調べは終わりぞ」

ふいにお菊は笑った。

「お侍様、わたしを救い出してくださいまして、ありがとうございました。お侍様のおかげで、わたしは思い残すことなく、獄門をくぐることができます」

将右衛門は黙りこくった。

「もしお侍様がいらっしゃらなかったら、拷問の挙句に死んでいたかもしれませぬ。そうなれば、お熊様の本性は暴かれなかったはずです」

お菊は二つ、大きな勘違いをしている。

この件は、お菊の述べた真実のままには裁かれない。

お熊が己の夫のみならず、孤独な分限者を手にかけていた――。もしお熊が生きていれば、この事実は白日の下に晒されたことであろうが、お熊はこの世にいない。この件が明らかになったところでお熊の罪は重くなる一方、結局獄門という酷刑で事に当たることになったはずだ。だが、既にお上がお熊に御裁きを言い渡し、刑が執行されている。もしもお菊の証言を用いてしまえば、お熊の御裁きに不足があったと正式に認める格好になる。

事実、この件は御奉行様の命のもと、揉み消された。

あの小屋は既に破却されて存在しない。死体も土左衛門として処理された。かくして、お熊の罪科の数々は、その実数と共に闇の中に葬られることとなる。

市中引き回しの際に見せたお熊の表情は、奉行所をも欺《あざむ》いた女の勝ち誇りであったのだ。苛烈な取り調べ、そして老練の役人を前に嘘を吐《つ》き通した女の魔性が、将右衛門の背を冷やす。

御白州の場でお菊は知ることになろうが、今、あえて述べることでもない。

「お役目のためぞ」

「何をおっしゃるのですか。他のお侍様が竹束で打とうとしたときに、お侍様だけはわたしを庇《かば》ってくださったではありませぬか」

「……すまぬな。次のお役目があるのだ。話は尽きぬが、これで今日は終わりぞ」

「また、お話しくださいますか、お侍様」

「ああ、わしなどでよければ」

小者に命じ、お菊を下がらせる。引っ立てられていくお菊は恭《うやうや》しく頭を下げる。将右衛門は己の心の奥底でうずく棘《とげ》を感じた。

お菊の後姿を怪訝に眺めながら、大塚が拷問部屋の戸を入れ違いにくぐった。皮肉げに笑みを浮かべる大塚は、将右衛門の近くの上がり框《がまち》に腰を掛けた。

「さすがですね。あの小娘がすっかりなついている」

「そなたの小芝居のおかげよ」

鼻を鳴らして将右衛門が応じると、大塚は力なく肩を落とした。

「悪人を演じるのも骨が折れます」

もう一つ、お菊には言えぬことがあった。

大塚が無理やりお菊の口を割ろうとしていたのは、狂言だった。

口を割らぬ者には揺さぶりが効く。ゆえ、一計を案じた。大塚が彼女を脅し、将右衛門がその間に入る。御奉行様から手荒い真似はするなと厳命されているゆえ竹束は絶対に使わせるつもりはなかった。身ぐるみを剝げばさすがに口を開くのではないかという考えであった。思いもよらぬ方向に話が転がったものの、おおむねは思い通りに事が運んだ。将右衛門は役割の上であの女に優しくしただけに過ぎない。

「で、これからもあの女に会うつもりですか」

「会うわけあるまい。あの娘がどうなろうが、わしには一切関わりがないからな」

「冷たいお人だ」

大塚の軽口に鋭く返した。

「そなたはまだまだひよっこよ」

町方同心をやっていると、己の理解の及ばぬものに出会う。獄を抱く者たちは大なり小なりこちらの常識を揺るがす、危険な者たちだ。向き合っていてはこちらの身がもたない。己とは関係ないものとして一線を引かぬことには、闇に引きずられ、やがては飲み込まれてしまう。

「そなたも早く割り切る術《すべ》を覚えろ。でなくば、いつか狂うぞ」

「肝に銘じますよ。此度の件、少々、くたびれました」

町方同心は、優秀なだけではなく、酷薄でなければ果たせぬ役目だ。心を病んで隠居に追い込まれた同僚を幾人も見てきた。

「精進落《しょうじんお》としをするといい」

力なく応える大塚を眺めながら、将右衛門は証文を手元に引き戻した。末尾に己の署名を加え、文箱に収めると、立ち上がった。

「奉行所に戻ろう。この証文に御奉行様の印を貰って、牢屋敷へ届ければお役目は終わりぞ。どうだ、この後、二人で飲みに行かぬか」

「結構です。お熊の一件を思い出してしまいそうなので」

「そうか」

大塚の背に、かつて潰れていった同僚たちと同じ魔を見た。

「女というのは、分かりませんねえ」

そんな、どこかで聞いたような呟きを放つ大塚を横目に履物をつっかけると、蠟燭を吹き消して拷問部屋を後にした。


宵《よい》の中に沈む自宅の組屋敷を見上げながら、将右衛門は木戸を開いた。いつもは夜でも容赦なくうるさいというのに、今日に限っては犬一匹鳴いていない。

証文を牢に送ったのち、一人で煮売り居酒屋に居続けてしまった。大して美味しくない芋の煮物を肴《さかな》に酒をすすりながら、酔客たちとあれこれと話すうちに日も暮れていた。接点も何もなければ身分すらも違う職人や町人たちと何を話したのかの記憶もないが、さほど嫌な思いもしていないと見え、なんとなく心が浮き立っていた。

「帰ったぞ」

玄関で呼ばわっても誰も出てこない。いつもならばどんなに遅くなってもお絹が慌てて出てくるはずであるというのに……。

足を洗うことなく上がり込み、真っ暗な廊下を歩く。ひたひたという己の足音だけがいやに響く。

ふいに、将右衛門は足を取られて転んでしまった。腰を打ち付けてしまった将右衛門は思わず足元を見た。そこには雑巾が転がっている。

「またか」

お絹がやりっぱなしにしていたのだろうか。さすがに怒らねばならぬ、と、将右衛門が雑巾を手に取ったその時、あることに気づいた。雑巾がじっとりと濡れている。今さっきまで水に浸かっていたような水気だ。まるで、わざと滑りやすくしてあるかのように――。

将右衛門は厨《くりや》に向かった。

果たして、そこには竈《かまど》を前に働くお絹の姿があった。ほっかむりをし、夜だというのに竈に火を入れ、その上の鍋に細切れにした野菜を落としている。まな板の上に残っている葉を見るに、大根でも煮ているのだろう。

声を掛けそびれているうちに、将右衛門の目はお絹の手元に釘付けになった。

野菜の載せられた籠の近くに、小さな紙包みがある。三角に折られた一寸ほどのそれを手に取ると端を破り、中身の粒状のものを鍋の中に流し入れた。そして菜箸に持ち替えると、鍋の中身を掻き回し始めた。

こんな時に限って床板が悲鳴を上げる。物音に気づいたのだろう、お絹がこちらに振り返った。息もできぬままに固まっている将右衛門を見て、お絹は薄く微笑んだ。

「お帰りなさいませ。すみませぬ、夕餉《ゆうげ》の支度をしていて出られませんでした」

「よい。……今日は呑んできた。飯は要らぬ」

「左様でしたか。せっかく、腕によりをかけて作りましたのに」

こちらに向いたお絹の顔は、竈から漏れる光と厨に垂れこめている闇の陰影によって他人の顔のようにさえ見えた。

目の前の女が、分からない。

女は声を弾ませながら続ける。

「お前様、お仕事、終わったんでしょう？」

「あ、ああ……なぜ分かる？」

「だって、大きな仕事が終わった時には、いつもお前様、お酒を飲んでこられるから」

「ということになるな」

「ご苦労様でした、お前様」

女は恭しく頭を下げた。だが、こう続けた。

「お前様、もうそろそろご隠居なさったらいかがでしょう？」

女の左目尻に、お熊と同じ泣き黒子を見つけた。添って十年あまりの間、顔の黒子すら見逃していたことに気づいて慄然とする。

酔いが引いていく。

光届かぬ湖のような女の瞳に、お熊の表情が映っている。蕩けた目でこちらを眺め、僅かに開いた桃色の唇の上を真っ赤な舌が這う。そして、水面からお熊はゆっくりと真っ白な手を伸ばす。やがてお熊とお絹の顔が重なった。

お熊の腕に、将右衛門は手を伸ばした。

将右衛門の中で何かが崩れていった。

厨に入った将右衛門は、竈にかけられている鍋を覗き込んだ。くつくつと沸き上がる煮汁に短冊に切った大根が躍っている。菜箸を取ってその中の一つを摘み上げた。

「お前様、それはまだ生よ……」

息を何度か吹きかけて湯気を追い払うと、白っぽい大根の身にかじりついた。

「どうです、お前様」

「苦い」

「そうですか。そんながっつかなくてもいくらでもありますのに、変な人。――そういえば、昼に兄が見えました。子がおらぬでは体裁が悪いゆえ、そろそろ俺の子を養子に迎えぬかと言うておりました」

痺《しび》れるような苦みが舌の上に広がる。それでも一切れ分を口に含み飲み込んだ将右衛門の眼前で、心の表面さえ見えぬ女が控えめに微笑んでいた。

少し、読むのに時を要してしまった。

というのも、挿絵があまりに豪華だったからだ。夫婦差し向かいで話している一枚目の挿絵を見た瞬間、幾次郎は思わず息を呑んだ。その堂々たる筆遣い、力強い目の光、そしてみなぎる生命感。半ば答え合わせに絵師の名前を見ると、やはり師匠である歌川《うたがわ》国芳の名前があった。こんな仕事もやっておられたのか、と口の端で呟きながら、一切手を抜くことのない仕事ぶりに惚れ惚れし、気がつけば肝心の話を読み飛ばしてしまっていた。

読み終わった後、幾次郎はあることに気づいた。

白子屋お熊といえば、と。

この気づきが幾次郎をさらに混乱させた。

黙阿弥もお熊ものを書いている。明治六年初演の『梅雨《つゆ》小袖昔八丈《こそでむかしはちじょう》』だ。結果として己の夫を毒殺しようと算段するところまでは一緒だが、毒婦の印象の強いお熊を、運命に流されるか弱い女性として描き出したところに新しさがあった。さらに、従来のお熊ものの毒を担うべく、髪結新三《かみゆいしんざ》という登場人物が追加された。五代目尾上菊五郎《おのえきくごろう》の好演も相まって他の共演者を食い、「地獄尽くし」の『髪結新三』といえばこの芝居のことを指すようにもなった。黙阿弥明治初期の代表作の一つだろう。

清兵衛は、絶対に黙阿弥のネタになりえない戯作を寄越したことになる。この戯作を見せることで名作『髪結新三』にけちをつけようという気なのか。だが『髪結新三』の発表からそろそろ二十年に至ろうとしている。いくらなんでも異議申し立てが遅すぎる。

本を手に奥から戻ってきた清兵衛に、思わず幾次郎は噛みついた。

「どういうことですかい、これぁ」

「なにがだい」

「黙阿弥先生は絶対にこの本に用がないでしょう。黙阿弥先生の代表作に『髪結新三』があるのを知らない清兵衛さんじゃあるまいに」

「ああ、そうだね。もちろんさ。でも、この本は黙阿弥先生に贈る意味があると思っているよ」

確信に満ちた物言いに、幾次郎は呆気にとられた。

「黙阿弥先生は『髪結新三』でお熊ものの新地平をお開きになられた。そいつは間違いがない。でも、そのおかげで、『髪結新三』がお熊事件そのものと混同されることになった」

「嘘が、現を食っちまったってことですかい」

「ああ。お熊事件の実際を知っているかい。享保の頃、お熊が間夫《まぶ》と暮らしたい一心で母親と図って、婿養子を殺して持参金をせしめようとしたって事件だよ。でも、あまりに黙阿弥先生の『髪結新三』が凄まじすぎて、世間の皆がその事件の実相を忘れちまった」

『髪結新三』の発表を機に、お熊ものの潮目が変わった。毒婦お熊ではなく、人として生きたいがためにやむなく罪に手を染める哀しい女として描かれるようになった。気づけばそれ一色だ。

「芝居――、物語にはそういう面もある。物語が実話を呑み込んじまうことが、ね。また、ある物語の誕生によって、別の物語が消え去っちまうこともある」

「どういう、ことですかい」

「『髪結新三』以来、毒婦のお熊ものに当たりがないだろう。『髪結新三』は〝毒婦お熊〟を一掃しちまったんだ」

仕方ないだろう、それが戯作というものだ、と口に出そうとして、思わず声をひっこめた。目の前に座る清兵衛の顔があまりに沈み込んでいたからだ。

清兵衛は窓に目をやった。つられて表を見ると、洋服に身を包む人々の行き交う道の有様が見える。日の光に包まれた表は、目が眩《くら》むほど明るい。

「あたしはね、ついい、失くしてしまったもんを数えちまう。もし、黙阿弥先生が『髪結新三』を書かなけりゃ、この戯作みたいな毒婦のお熊ものが今でも出ていたはずだよ。いや、別に『髪結新三』に恨みがあるわけでも、あの芝居がだめだとかいうつもりもないんだ。ただ、もっと、この戯作みたいなお熊ものを見たかった。ただそれだけのことだよ」

「この戯作を、黙阿弥先生に贈ってどうする気なんですかい」

清兵衛はわずかに言い淀んだ。しかし、ややあって、落ち付いた声音を発した。

「黙阿弥先生のなしたことは、作者としては誉《ほま》れさ。己の書いたものが、他の戯作者を駆逐したんだ。きっと楽しいことだろうよ。でも、そこに冷や水を浴びせたくなるのが、江戸っ子の悪い癖ってやつだ」

もっとも、と清兵衛は付け加えた。

「この戯作にも、大番屋とか墨引なんていうお熊がいた頃にはなかったものが出てくる。でも、そんなもの、何の問題にもなるまいよ」

「訳がわからねえ」

「簡単に合点《がてん》できるように話しちゃいないよ」

どういうことだろうか。幾次郎は頭が重くなったような感覚に苛《さいな》まれた。

黙阿弥のために戯作を選んでくれといったのに、この本はむしろ黙阿弥の創作意欲を減衰させかねない。目の前の老人の意図がいよいよ分からない。

混乱する幾次郎を前に薄く笑ったままの清兵衛は、右手に持ったままであった本をテーブルの上に置き直した。

見たところ、版本ではなさそうだ。草双紙などよりも分厚い紙を用い、茶色の綴じ糸を用いている。表には墨で題字が書かれている。手に取って裏からめくっても、奥付や作者の名前を見つけ出すことはできなかった。

「お次はこれだ。まあ、読んでみなさいな」

言われるがままに、幾次郎は次の一冊に目を落とした。

落合宿の仇討

正十郎《まさじゅうろう》は笠の縁《へり》を指の腹で撫で、雨の降り続く暗い空を見上げた。

水気を払うように頬を拭って目を瞠《みは》ると、人二人がすれ違える程度の小路の様が、格子《こうし》窓から漏れるわずかな光で浮かび上がった。雨のせいだろうか、道を行く者の姿はほとんどない。閑古鳥の鳴く飯盛宿《めしもりやど》の格子を覗けば、厚化粧の女が科《しな》を作り薄く微笑んでいる。思わず下を向くと、淀んだ目をした己の顔が水溜まりに映っていた。

水溜まりから目を離した正十郎は薄暗い脇道に入った。壊れた桶や折れた物干し竿が捨て置かれ、饐《す》えた臭いの満ちた狭い通りを歩くと、水音が幾度も響き、正十郎の足を濡らした。

出口が見えてきた。正十郎は壁に寄りかかり、表の様子をうかがう。

冠木門《かぶきもん》前に大きな提灯《ちょうちん》が吊り下げられた本陣が、雨の中佇んでいる。この通りは落合《おちあい》宿の中でも往来の多い場所だが、今は夜、しかも折からの雨で本陣に寄り添うように並ぶ商家や旅籠《はたご》は早々に戸締りをしており、道行く人は数えるほどしかない。

しばし待っていると、通りに二人連れがやってきた。

道の端を選ぶように歩くその子供たちは、互いを支え合うように連れ立っていた。提灯を持って前を行くのは十五ほどであろうか、月代《さかやき》の髪が伸びて総髪となり、紺色の袴《はかま》は裾がほつれ始め、青い羽織の袖につぎが当ててある。その少年に手を引かれるように歩いているのは、さらに小さな年の頃十歳ほどの子供だ。前髪立ちの少年の服にもつぎはぎがいくつもある。提灯の明かりに照らされた二人の表情には一点の曇りもない。零落した様子なれど、武士の子の自負がうかがえる。兄と弟ゆえか、太い眉毛に同じ面影を感じた。

正十郎は笠を傾け、顔を隠した。

音もなく刀を引き抜くと、裏路地の薄闇の中で青く光る刀身を翻《ひるがえ》し、街道筋に身を躍らせる。

正十郎の姿を認めた少年二人がぴたりと足を止めた。弟はただ目を泳がせているばかりだが、兄はことを理解したのか、差していた刀に手をかけた。

「明石《あかし》の手の者か」

伸びやかな声だが、僅《わず》かに上ずっている。

正十郎は答えず、無形《むぎょう》の位《くらい》に刀を遊ばせた。

兄は己の身丈に合わぬ刀を難儀そうに引き抜いた。弟を庇《かば》いながら音を立てて鞘《さや》を払うと、ぎこちない仕草で正眼《せいがん》に構える。若侍のものにしては色褪《あ》せた柄巻《つかまき》のなされた差料《さしりょう》は、誰かの遺愛の品であろうと見て取れた。

正十郎は大きく踏み込み、間合いに入った。一瞬だけ竿先が振れるように白刃が震えたものの、反撃の様子はなかった。

鮮血と共に兄の刀が宙を舞う。正十郎が血払いをすると、両断された腕と刃こぼれ一つない刀が地面に落ち、水の弾ける音が辺りにこだました。

「何も知らぬ。金で飼われている犬ゆえな」

兄の表情の上で深い困惑と墨汁一滴ほどの怒りがないまぜになる。肘から先のない腕を広げ叫んだ。

「逃げろ、亮平《りようへい》」

兄の叫び声に弟は肩を震わせ、首を横に振っている。しかし、兄は何度も、逃げろ、と繰り返す。

正十郎は鼻を鳴らし、兄の胸に切っ先を繰り出した。刃先に感じる柔らかい箇所を刺し捻《ひね》ると、兄の顔から血の気が失せ、膝から泥の地面に倒れた。

震える弟を見遣《みや》る。腰の脇差《わきざし》に手を伸ばそうとしながら、何度も後ろを窺っていたが、やがて恐怖の方が勝ったのだろうか、青い顔をして身を翻した。

細やかな雨と闇が、小さくなってゆく弟の後ろ姿を隠す。

嘆息していると、物陰から狐のような顔をした検分役が顔を出した。

「あの弟も斬れ」

正十郎は首を大仰に振った。

「断る。斬れと言われたのは一人だ」

融通の利かぬ奴だ、とばかりに舌打ちした検分役は正十郎をねめつけた。しかし、やがて位負けした犬のように殺気をしぼませ、地面に転がる死体を見遣ってぼそぼそと口を開いた。

「それにしてもこいつ、若いとはいえ見事でしたな。手向かいしてくるとは。それに比べて弟は」

正十郎は鼻で笑った。

何がおかしい？　検分役の不機嫌そうな問いに、正十郎は応えた。

「別に」

尻尾を巻いて逃げれば、あるいは命が助かったかもしれない。そういう意味では、弟の方がはるかに賢明だったと言える――。

懐紙で血糊を拭いた正十郎は刀を鞘に納めた。棄《す》てた赤い懐紙が、蝶々のように闇の中を飛び回り、やがて雨降りしきる泥中に舞い降りた。

仕事を終えた頃には朝になっていた。宿場町の隅にある貧乏長屋に戻ると、濡れた着物を脱ぎ捨てて酒を舐《な》め始めた。

部屋の隅には出る時に広げっぱなしにしていた蒲団が丁寧に畳まれている。塵《ちり》一つ落ちていない板敷きの六畳間は、こぎれいにしているというよりは、生活を持ち込んでいないがゆえのものだ。下帯一つで酒を呷《あお》りながら、寒々しい部屋の空気を楽しんでいた。

上がり框《がまち》に腰を掛けて夢と現《うつつ》を揺蕩《たゆた》い、味気ない酒に首をかしげていると、やがて、表の戸が開かれ、湿った風が部屋の中に吹き込んだ。

「ただいま……、ってあんた、裸で何してるんだい」

入ってきた年増の女、お升《ます》はこの長屋の主だ。赤っぽい小袖に市松模様の帯をして、黒塗りの草履《ぞうり》を履いている。櫛巻《くしま》きにした黒々とした髪の毛、僅かに広げた衿から覗く黒子《ほくろ》の辺り、そして首元と順繰りに雨露を手ぬぐいで払ううち、むせかえる女の香りが正十郎の鼻に迫る。

正十郎は猪口《ちょこ》を掲げた。

「酒を飲んでいた」

「見ればわかるよ、一晩じゅう飲んでたんだろう。体を壊すよ。あんた、もう酒の味なんか分からないだろ」

「お前には――」

正十郎が言いかけると、お升はなぜか目を泳がせ、力なく呟いた。

「――確かにあたしには関係ないさね」

お升は手にしていた蛇《じゃ》の目傘の雨露を払って戸口に置いて上がり込むと、ふわあ、と小さく欠伸《あくび》をした。

「もう寝る」

「ああ」

返事を聞くや否や、甘い匂いを振りまきながら正十郎の脇をすり抜け、真っ暗な奥の部屋に入っていった。

お升が戸を閉じると、また静寂が首元に絡みついてきた。

一人で酒を飲みながら、差料を引き抜いた。青く光る刃には刃こぼれ一つなく、さっと払っただけなのに脂も既に落ちている。大した相棒だ――。刀身を舐めるように見やっていると、表の戸がゆっくりと開き、一人の男がにぎにぎしく入ってきた。

「よう、仕事、ご苦労だったね」

年の頃は五十ほど。白髪交じりの髪を町人髷《まげ》に結い、四角い顔を柔和に緩めてはいるものの、右頬に走る古い刀傷がその持ち主の歩んできた道程を雄弁に物語っている。仕立てのいい着物に縞の羽織を合わせるその男は正十郎の横にどっかりと座り、脇に置かれた徳利を手に取ると、注ぎ口を正十郎に向けた。

正十郎が刀を鞘に納めて脇に置いていた猪口を呷れば、目の前の男は歯を見せるように相好を崩して酒を注ぐ。

「朝から酒かい。いいね」

「――酒はいい。人斬りの感触を思い出すことができる」

「そういう、もんかねえ」

声を上ずらせながらも頷く男は、この落合宿の元締め、藤木《ふじき》又兵衛《またべえ》だ。

落合宿は悪名高い中山道《なかせんどう》の只中にある宿場町である。ならず者や渡世人が繁く行き交い、時には喧嘩騒擾《けんかそうじょう》や盗み殺しが起こるのだが、領地の端にある落合までお上《かみ》の目は届かない。そこで暗躍するのが、富貴の者や裏の者どもに通じ、間に入って仲裁できる博徒の親分である。藤木又兵衛もその例に漏れず、ならず者や渡世人を取り締まりながら、はみ出し者をカモにした博打《ばくち》で荒稼ぎをし、曲がりなりにも落合宿の秩序を守っている。

そんな悪党に飼われているのが正十郎だ。

悪党の犬か、と短く自嘲の笑い声を上げると、又兵衛は妙な顔をした。

「どうされたんですかい、先生」

「なんでもない」

首を振ると、思い出し笑いか何かと合点したのだろう、又兵衛は屈託なく傷のある顔を歪めた。

「ときに先生、あいつは強かったかい。なんでも、道場ではそれなりに遣《や》ったらしいんだがね」

「いや」

短く笑った又兵衛は顎に手をやる。

酒を呷り、正十郎は訊いた。

「あの兄弟、何者だ」

「深入りするといいことないぜ……、と言いたいところだが、まあいい。あの兄弟は明石様を狙っていたんだよ」

兄の口からも出た名前だ。

「誰だ、それは」

聞くと、又兵衛はもったいぶることなく、淡々と話し出した。

播州《ばんしゆう》明石松平《まつだいら》家中の当主に登ったばかりの若君で、将軍連枝《れんし》で毛並みもいいが、ところどころで厄介な問題を起こしているらしい。

「問題？」

「気に入らないことがあるとすぐに近くにいる者を手打ちにする癖があるらしい。領民も震え上がっているってよ。献上品の酒の中にもみ殻が数個入っていたと聞き及んで、杜氏《とうじ》から手伝いの百姓まで悉《ことごと》く血祭りに上げたらしいからね」

「その明石様とやらと落合《ここ》に関わりでもあるのか」

「三年前のことだがね」

又兵衛が語るところでは――。

三年前、明石様が尾張《おわり》領の中山道筋を通行していた時のこと。

威儀を正して落合の本陣に入ろうとしていた明石様の列を、鞠《まり》を追う一人の子供が横切り通行を妨げた。大人のしたことならばともかく、所詮は子供のやったこと、本陣の役人や町名主が正式に詫びを入れ、いくばくかの上納をすればことが収まるはずであった。

しかし、ぬらりと駕籠から出た明石様は、近習《きんじゅ》から太刀を受け取り子供を公衆の面前で斬り伏せたばかりか、こと切れている死体に何度も何度も刀を振り下ろし、膾《なます》にしてしまった。淡々と刀を振るい続けた明石様が去った後には、ぼろ布のようになった子供の死体だけが遺された。

正十郎は猪口を傾ける手を止めた。

「危ういな」

落合宿は尾張領であり子供は尾張の領民である。将軍御連枝といえども、他家、よりにもよって御三家の領民を何の断りもなく斬るなど言語道断であった。

「やくざに譬《たと》えりゃ、他のシマを荒らすようなもんだ。顔に泥を塗られた尾張公もご立腹さ」

分別つかぬ子供のなしたこと、手打ちにする道理もなく、明石の小大名風情が神君家康公より預かりし領民を傷つけるとはいかなる料簡《りようけん》か、と尾張公は激昂した。明石家中にも直接申し入れをし、御公儀を突き上げて争う姿勢を見せた。

一方の御公儀はこの件を黙殺した。家中同士の諍《いさか》いに関知せず、というのが表向きの理由だが、明石様が将軍の連枝であるがゆえに表立って処分できぬのだろう。尾張の領民は公然とそう噂したという。

納得が行かぬのは尾張公であった。使者を立て、明石家中に通告した。

『貴家の行列が我が尾張領に入ること一切罷《まか》りならず』

江戸に上《のぼ》るには、いかなる道筋を辿《たど》っても尾張領は通る。そこで明石家中は一計を案じた。尾張領を通過するときだけ町人なりに身を改め、行列を解いて通行する手に出たのである。禁じられているのは〝明石家中の行列〟であり、町人に身をやつせば通行は制限されぬ、という寸法だ。一年半前には、物々しい武具を携えた町人の行列が街道を練り歩き、明石の方角に消えた。

「で、江戸に上る明石様がまた落合を通ることになったみたいなんだ」

「なぜ親分がそんなに騒ぐのだ」

「俺の立場のゆえだ。一応落合を締めているもんでね」

「尾張公は明石の行列を大名行列とは認めておらぬのだろう？　あんたが気を遣う理由はないはず」

　又兵衛は曰くありげに口角を上げた。世間知らずを嗤《わら》うかのようだった。

「そうでもないんだよ。尾張公としちゃ厄介な相手さ。行列中の殿様が領内で殺されたとなったらただでさえその領主の沽券《こけん》に係わる、まして尾張は明石と因縁があるんだ。尾張が裏で糸を引いてたなんて噂が流れれば、いかに尾張公と雖《いえど》も」

「なるほど、それで。もしや、あの兄弟も……」

「ご明察。何でも、親を手打ちにされたのを恨んで付け狙っていたらしいぜ。泣かせるじゃねえか」

「ご苦労なことだ」

　振り払うように吐き捨てると、又兵衛は言いにくそうに口を開いた。

「――ときに先生、もう一つ頼みたいことがあるんですがね」

「もう一つ？」

猪口を傾けていた手が止まった。

「ある人を、斬って欲しい」

「いいだろう。誰だ」

これでも中山道筋では〝人斬り正十郎〟で通っている。人斬りという名の犬は、金という名の餌をくれる主人に従う。

又兵衛の顔から表情が消え、ひび割れた能面のような顔をずいと近づけてきた。しかし、傷が印象の多くを占める顔の、唇だけが僅かに震えているのを、正十郎は見逃さなかった。

「これまでの人斬りとは随分違うぜ。実はこれまで手練《てだ》れを雇ったんだが、誰一人戻ってこねえんだ」

しばらく考えたのち、正十郎は頷いた。

「それはいい」

人斬りとしての興味が勝った。

「恩に着るぜ。じゃあ、明日あたり、うちのもんにあらましを伝えさせますよって」

頷いた又兵衛は立ち上がり、そういえばお升の奴は？と聞いてきた。正十郎が閉め切られた奥の部屋に曰くありげな顔を向けると、はぁ、とため息をついた。

「先生、悪いんだが、奴にそろそろ数日分の上がりを払うように言っといてくれませんかい」

又兵衛は頭を下げると、長屋を後にしていった。

お升は、又兵衛の下で働く街娼、江戸でいう夜鷹だ。宿場町での色の取り仕切りはやくざの仕事で、夜鷹といえども例外ではない。もしやくざ抜きで商売をすればシマ荒らし扱い、微塵《みじん》に斬られて木曽川《きそがわ》の魚の餌にされる。

しばらくすると、奥の部屋から白い長襦袢《ながじゅばん》姿のお升がそろそろと姿を現した。

「行ったかい」

「ああ」

「助かるよ。ここんところ雨ばっかりだろ？　客が捕まらなくってね」

正十郎が酒に口をつけていると、いつの間にか正十郎の後ろに回り込んでいたお升がけだるげに腕を回してきた。お升の冷えた肌が、正十郎の剝《む》き出しの背中に触れる。

「ねえねえ正十郎さん。あたしと遊ばない？　昼間ならお安くしておくよ」

お升が耳元に細い息を吹きかける。白粉《おしろい》の匂いと女の汗と脂の混じった臭いがないまぜになりながら辺りに満ち、背中に女の柔らかい感触を感じた。

正十郎は絡みつく腕を払い、酒を飲み干した。

「他を当たれ」

「つれない人だね」

眉根をわざとらしく寄せたお升は、恨めしげな流し目を投げつけながら、また奥の部屋へと消えていった。

正十郎がお升の長屋に住んでいるのは、又兵衛の手引きによるものだ。ここ落合に流れてきた三か月ほど前、ただで住まう場所ということでこの長屋とお升を紹介されたのであった。女を宛《あて》がって流浪の人斬りを長逗留させ、あわよくば己の駒としたい、という、又兵衛の下心が透けて見えた。だからこそお升の誘惑を躱《かわ》し、酒ばかり飲んでいる。

もっとも——。正十郎は女や酒を超える愉悦を知っている。

獲物を知り尽くし、追いつめ、殺す。この一連の作業は、女を抱く以上の愉悦に満ちていた。

まだ見ぬ獲物の姿を思い浮かべながら、正十郎は徳利から直接酒を呷った。だが、いくら飲んでも酔うことができない。己の斬った死人たちが徳利の酒精を掠《かす》めているのだろうか、そんな戯《たわむ》れを、ふと思った。

梅雨の小雨ぱらつく中、菅笠《すげがさ》をかぶった正十郎は宿場町に出た。又兵衛の手の者から話を聞き、事前に斬るべき相手について調べると決めたゆえだ。折しも降りしきる小雨のせいで、南の恵那山《えなさん》や北の駒ヶ岳《こまがたけ》が白く霞んでいる。

落合宿は美濃《みの》から信州《しんしゅう》へと連なる丘の上にある。西を除く三方に遠く山を望み、丘の下の急流木曽川を越えれば青々と茂る森が迫っている。この辺りは中山道の中でもなだらかな道行だ。

道の端に立ち、菅笠の間から通り過ぎて行く者たちをそれとなく眺める。誰も彼も目を合わせようともせず、笠の縁を傾けて歩いて行ってしまう。

得た話通りに宿場の西に向かうと、宿の外れの門前に立ち尽くす男の姿が正十郎の目に映った。

猟師だ。破れかけの笠を被り、鹿革を背負っている。薄汚れた長着の裾をからげて脚絆《きゃはん》を巻き、腰には身の分厚い山刀《やまがたな》を提げていた。切り詰めた袖からは岩のようにごつごつとした太腕が伸び、色濃く日焼けをしているのか、それとも泥で汚れているのか、判別もつかぬほどに肌が黒い。昼間だというのに提灯を手に鉄炮を肩に担ぎ、宿場町の様子を門の横の格子からうかがっている。

話に聞いた風体とも一致している。この男が平吉《へいきち》だ。

正十郎はなりなどよりもまず、その目に釘付けになった。破れた笠の隙間から覗く目はひどく濁《にご》り切り、底が見えなかった。

正十郎の視線の先で、落合の宿場町をしばし見遣っていた平吉であったが、くるりと踵《きびす》を返し、緩い坂道を降りていく。

正十郎は平吉の跡を尾行《つけ》ることにした。

人の往来が少ないゆえ十分に距離を置いたが、平吉から立ち上る瘴気《しょうき》のおかげで見失うことはなかった。すれ違う旅人の親子連れが子供の手を取り直し、平吉の前に立たせぬようにしているほどだ。剝き出しの害意を振りまきながら、平吉はどこか胡乱《うろん》な足取りで道を行く。

小雨の中、しばらくなだらかな下り坂の林道が続く中山道沿いを歩いていたものの、やがて苔むした地蔵が立つ侘《わび》しい三叉路に至った。この辺りは林が途切れ薄《すすき》の原になっている。雨音に合わせて震える穂先を見やりながら、正十郎は道を折れた平吉の後に続く。

どれほど歩いただろうか。鉄炮を抱くように歩く平吉の足は、ある小屋の前で止まった。

村からも遠く離れたところにあるこの小屋は、あばら家と表現するのにふさわしかった。茅葺《かやぶき》屋根だが苔むして、数か所大きな穴が開き梁《はり》が顔を覗かせている。茅葺は一人でできるものではない。手入れされていない屋根を見るにつけ、平吉の村の中での扱いが透けて見えた。

平吉は鉄炮を担いだまま、あばら家の裏へと向かっていく。

正十郎は雫《しずく》の垂れる笠の縁を下ろし、家の壁を背にして身を隠しながら、奥の様子をうかがう。

小屋の裏、木生い茂る小山は雨で霞《かす》んでいた。平吉は正十郎の六間ほど前に背を向けて立っている。見れば、平吉から半町先の台の上に西瓜《すいか》ほどの大きさの赤い桶が置かれていた。

右腕で鉄炮を担いだまま、男は提灯を辺りの岩に置き、蛇腹が縮み露わになった蠟燭《ろうそく》で火縄を作った。

背中の鹿革にくっつかんばかりに、平吉の被る笠が素早く傾いた。

そして――。数瞬の後、鉄炮が火を噴き、半町先の赤い桶が爆《は》ぜた。

正十郎は嘆息を嚙み殺した。

半町先の桶に弾を当てたのは大したことではない。目にも止まらぬ速さで、弾を発射するところまで持っていったことに刮目《かつもく》せざるを得なかった。

鉄炮を発射するには一連の動作が必要となる。火縄を作り、火薬と弾丸を筒先から流し込んでからカルカで押し込み、引き金と連動する火挟《ひばさみ》に火縄を挟み込んだのち、火蓋を切って引き金を引くことでようやく弾丸が発射されるのである。

風向きが変わり、正十郎が風上に立つと、平吉は急にこちらに振り返った。しかし、いとおしげに鉄炮を撫で、カルカを筒先から差し入れるその姿に、不安や警戒の色を見出すことはできなかった。

正十郎は菅笠の縁を上げ、己の顔を晒《さら》した。

「すまぬ。音がしたゆえ、何事かと思うたのだ」

煤《すす》だらけのカルカを引き抜いて銃身の下に納める平吉は、全くの無防備であった。今ならば斬れるのではないか、と心中で呟いたその時、平吉は手を止め、腰の山刀の柄を握った。殺気のわずかな漏れを気取られたようだ。汗ばむ手を強く握って殺気を抑え、話の舳先《へさき》を変える。

「見事だな」

山刀から手を放し、平吉は口を開いた。

「的を前に弾込めをするのは武家のやり方じゃ。猟師は最初から弾丸を込めておく。雨が筒の中に入らぬよう、筒先に油を塗った紙で封をすんだ」

格好に似つかわしい、朴訥《ぼくとつ》とした喋り方であった。

早撃ちの理由は分かった。だが、正十郎が尾行たその間、筒先は天に向かって伸びていた。宿場町にいる時、いや、そのもっと前からずっと鉄炮には弾丸が入っていたということになる。町に獲物がいるはずもない。

平吉は正十郎の顔を覗き込み、わずかに頰を緩めた。

「勘がええ。――四刻ほど、弾を込めたまま歩き続けて、火薬が湿気らないか、弾丸が変に浮いて不発にならぬかを見た。首尾よく行ったなァ」

平吉は半町先の地面に転がる赤い桶の残骸に目をくれ、誰にともなく、口を開いた。しかし、その声音に殺気が混じった。

「わしの命を取りに来なすったか、あんた」

「だとしたら、どうする」

正十郎は内に気を満たした。あくまで自然体でいるが、心は既に抜き打ちに向けて構えている。

平吉は短く笑った。

「強いな」

にわかに雨が強くなり、蠟燭の炎をかき消した。

わずかに平吉の気が逸《そ》れたのを見計らい、正十郎は鯉口を切って薙《な》ぎ払いを繰り出した。平吉は腰を折り曲げて一撃を躱《かわ》してみせたが、体勢を崩している。これ以上の機はない。返す刀で突きを浴びせたものの届かない。だが、泥に足を取られたのか尻餅をつかせることはできた。

正十郎は上段に構えて平吉に迫った。

振り下ろさんとしたとき、ふいに正十郎の視界が途切れた。慌てて袖で顔を拭う。平吉が顔めがけて泥を投げて来たと気づいた時には、既にその場に平吉の姿はなく、鹿革を背負う小さな後ろ姿が見えるばかりであった。

千載一遇の機を逃した。正十郎は一人、土砂降りの中で舌打ちをした。

長屋に戻ると、花を煮詰めたようなどぎつい香りが部屋に満ちていた。いつも正十郎が寝起きに使っている竈《かまど》の間の奥にお升がいた。壁に向かってもろ肌脱ぎ、片手に鏡を持ち肩に白粉を塗っているところだったお升は、鏡越しに正十郎が立っていることに気づいたのか、顔だけくるりと振り返り、あっけらかんと笑い出した。

「凄い顔してるじゃないか」

お升の差し出した手鏡には、泥まみれになった己の顔が映っていた。己の手ぬぐいで顔を拭いてから、仕事だ、と手短に答えた。すると、お升はこれ見よがしに眉根を寄せた。

「まさか、猟師の平吉……かい」

「ご明察だが、なぜ」

「そりゃ分かるよ。明石様の行列も近い、しかもあんたが手こずるとなりゃ、ね」

「何者だ、あれは」

正十郎が問うと、お升は粗末な牡丹刷毛《ぼたんはけ》と手鏡を床に置き、溜息をついて語り出した。

昔の平吉はあんな男ではなかったそうだ。朴訥で人が良く、町の人々とも付き合いがあった。一月に一度程度、山のような炭を背負ってやってくる平吉には、一人の子がいた。父親の周りをぐるぐると回りながらついて歩く様は子犬を見るようだったとお升は言う。

しかし、三年前。

皆が頭を下げて迎える明石様の行列の前に平吉の子供が飛び出した。この無礼に激昂した明石様により、手打ちにされてしまった。

「それからだよ」お升は言う。「あの人は変わっちまったんだ」

あの日以来、平吉は表情を失った。平吉は明石様を恨むようになったのみならず、町名主をさんざんに詰《なじ》るようになった。平吉の子は鞠《まり》を追って行列の前に飛び出したのだが、その鞠を往来に転がしたのは町名主の一人娘で、平吉の子はただ拾いに行っただけであったらしい。はじめのうちこそ心ある宿の者たちも同情していたものの、町名主宅の門前に小刀を刺した獣の心の臓を捨て置く騒ぎを起こしてからは、平吉は宿場の出入りを禁じられているという。

「で、奴は何をしようと？」

「あいつは、明石様を殺すつもりなのさ」

「正気か？　相手は大名だぞ」

「でも、その日のために山に入ったりして腕を磨いているっていうのがもっぱらの噂さ」

正十郎はふと、人頭大の赤い桶を的にした〝練習〟を思った。あれは、獣狙いの修練ではない。

「悪いことは言わないよ。やめておきな」

薄く塗られた白粉の上からでも分かるほど、お升は顔を青くした。

正十郎は、ぼそりと本音を口にした。

「面白い。狩り甲斐がなければつまらぬ」

お升は目を細めた。

「あんた、いつも仕事のことばっかりだね」

ずっと人を斬ってきた。生まれてこの方、血の匂いに近づいていき、追いつめ、殺し、喰らう。ただこれだけだった。

お升は肩のあたりの白粉の乗りを見やりながら、手鏡越しに濡れ犬のような目を向けてきた。

「あたしは、別の生き方をしてみたいよ」

思えばこの女が湿っぽい声音を放つのは初めてだった。それだけに、わずかに眉をひそめるお升の顔をまじまじと見やってしまった。

「ま、言っても詮《せん》無《な》きことだけどね。あたしには、今の生き方しかなかったから。あたしの親父はやくざでね。毎日切った張ったの生活で、昨日はあいつを斬った、今日はこいつを川に沈めた、って家で楽しげに話してたっけ。でも、ある時渡世人に刺されてあっけなくお陀《だ》仏《ぶつ》さ。その娘が表通りを歩けるはずもなくって、気づけばこんなところにいるんだよ」

他の生き方など知らないし知りたくもない。お升の父親もまた、そうであったろう。

「あんたは、狂い犬みたいだね」

手鏡を伏せたお升がなぜか悲しげな眼をして振り返った。

「どういう、ことだ」

「さあてね。——そろそろ仕事に行かなくちゃ」

髪を結い直し、はだけていた衿を直したお升は、黒い草履を履き、入り口辺りに立てかけられていた蛇の目傘を手に取ると、宵闇迫る町に駆け出していった。

長屋の中に取り残された正十郎は、ひたひたと昏《くら》くなっていく六畳間の上がり框に腰を掛け、一人、刀を振るう日のことを思った。この瞬間だけは、ひどく心が休まる心地がした。


その日の夜、寝苦しさに、正十郎は柏蒲団《かしわぶとん》を引き剝がした。

天井の木目と目が合った。身を起こし辺りを見回したものの、闇に沈んだ長屋には人の気配はない。ゆっくりと立ち上がり、三和土《たたき》に揃えられた履き物をつっかけて外に出た。柔らかな月明かりが降り注ぐ縁台に腰を掛けると、しばし黙考に沈む。

どう斬る？　正十郎の興味はただそれだけであった。

明石様の先触れがやってくる。となれば、姿を消した平吉は必ずや現れる。

斬れるか――？　正十郎はあの男と対峙した時のことを思い出す。いくら頭の中で〝死合《しあい》〟を重ねてみても、あの男の身を分かつ決め手が思い浮かばない。

縁台から立ち上がった正十郎は洗い場へと向かった。黒く色を変じた物干し台の柱だけが二本、ぽつりと立ち尽くしている。先ほどまで降り注いでいたはずの月光は、いつの間にか分厚い雲に阻まれていた。

正十郎は刀を抜き払った。声もなく何度も振り回す。鉄炮の筒先をこちらに向け、自信を全身にみなぎらせる平吉の姿が眼前に浮かんでいる。袈裟《けさ》を放つ。だが、平吉の姿は太刀筋をすり抜けて陽炎《かげろう》のように揺れた。

彼我《ひが》の差はなんだ？　問いを重ねてもなお、何も見えてこない。

正十郎の心は、内側から燻《いぶ》されたようなじりじりとした痛みを感じていた。

気合一閃、唐竹割《からたけわり》の一撃を振り抜いた。鋭い風切り音とともに、白刃は夜を切り裂いた。

強い風が吹き、ちり紙が正十郎の顔にまとわりついてきたのを手で払う。

ふと、平吉が鉄炮を構える姿が闇夜の中に浮かんだ。鉄炮を抱え、背中を丸め、そして――。昼間に見た一連の動作を思い起こすうち、平吉に付け入る隙を見つけ出した。

「はは、ははは」

闇の中、正十郎は肩を揺らして笑った。


二日後の朝――。宿全体が浮足立っていた。

旅籠《はたご》の主人は落ち着かない様子で店先の掃除をし、旅人たちに先を急ぐように促している。本陣、脇本陣には料理人や俄《にわ》か仕立ての女中たちが出入りし、開け放たれた門前は縁日の参道のような賑わいだ。どんよりとした曇り空だが、どこか晴れがましさが宿場町全体を包み込んでいた。

前日、着流しの裾をからげ脚絆をつけながら大小を挟むというちぐはぐななりをした明石様の先触れは、落合で一日逗留する旨を伝えて行列の許へ戻っていったという。

正十郎は騒がしい宿に背を向け、街道を西に進む。

菅笠を傾け歩く道の途上、二十間ほど先、三叉路に近い薄の原の中に平吉の姿を見つけた。平吉は道の端に広がる野原の茂みに身を隠し、西方を注視していた。

破れかけの笠を目深にかぶり、鹿革を背負い、肩には筒先を上に向けた鉄炮を担いでいる。筒の中には既に弾薬が込められているはずだ。剣客でいえば、柄《つか》に手をかけている。

この薄の原を見た時、ここだ、という確信があった。狙撃を行なうからには自らの身を隠さねばならない。もっと宿に近づいて、林の中に身を隠すことも考えられたが、鉄炮の取り回しのことを考えれば薄の原で待ち伏せているだろうことは容易に想像がついた。

正十郎は気取られぬように茂みの中に身を隠し、風の向きに注意しながら平吉から六間ほどのところにまで近づいた。この前、気配を悟られたのは風によって臭いを嗅がれたからであろう、という反省ゆえだ。

正十郎は音もなく大の刀を抜き払って地面に置き、今度は脇差をゆっくりと抜く。半身に構えて刃を上にすると、左手で刀の峰を支え、右手で柄を持つ。

飛刀《ひとう》。正十郎の結論はそれであった。敵は異様なまでに勘がいい。刀では間合いを詰めている間に鉄炮のいい的になってしまう。こちらにも飛び道具が必要であった。

飛刀術は虎の子だが、この期《ご》に及んで出し惜しみはしない。

風が吹く。空を見上げれば、さらに雲行きが怪しくなり、風が複雑に吹いて薄を四方八方に揺らしている。

しばし待っていると、街道に二十人程の行列が現れた。長着に股引《ももひき》という格好をした屈強な男たちが大名道具や槍を手にやってくる。そんな珍妙な一団は、いやでも目立つ。あれが明石様の行列であろう。

茂みの向こうにいる平吉も、鋭い目をして行列を凝視していた。

正十郎は待った。僅かな一瞬を。

行列が進むにつれ、町人なりの行列には不似合いな、黒塗りの駕籠が現れた。

その時、平吉は破れ笠の縁を指で上げた。

この刹那を待っていた。

獲物を狙う時、獣は無防備になる。一昨日の昼間に見た平吉の射撃は見事であったが、一つ、解せない動作があった。笠の縁を動かす癖だ。獲物を明確に捉えようということなのだろうが、あまりに拍子を取りやすい。

右腕を発条《ばね》のように用いて脇差を放った。茂みの草を薙ぎながら矢のように飛ぶ脇差は、引き金が引かれる直前であった平吉の鉄炮を弾き飛ばし、もつれあうように草むらの中に消えた。遅れ、地面に置いた刀を取り、八相《はっそう》に構え、正十郎は駆け出した。

正十郎は己が勝ちを確信しながら平吉に迫る。己が仕事を完遂させる。一陣の風となり、獲物の命を狙う。だが――。

負けたはずの平吉が、ふいに正十郎に向け破顔した。お見通しだと言わんばかりに。

そして刹那、重く短い破裂音が辺りに響いた。

ありうるはずのない銃声に、思わず行列の方に目を向けた。何が起こったのか分からぬとばかりに男たちがきょとんとしていたものの、駕籠の中から赤黒い血が滴《したた》り始めているのが遠目にも分かった。

何が起こったのかを悟った。

平吉の用意していた鉄炮は一丁ではなかった。二丁用意し、いざという時のための備えとした。平吉の落ち着き払ったやり方を見るに、正十郎が邪魔しに来るのも、笠の縁を上げた瞬間に仕掛けてくるのも予想していたのかもしれない。

頰がかっと火照《ほて》った。手遅れだが、斬るしかない。正十郎はそう己に言い聞かせた。

正十郎の存在を知りながら、平吉はなおも平然としていた。鉄炮を構えることすらせず、涼しげに街道沿いで騒ぎ始めている明石の武士たちの様を見遣っていた。

「平吉」

正十郎が叫ぶと、また平吉は振り向いた。一昨日顔を合わせた時とは違い、憑《つ》き物が落ちたかのような、すっきりとした表情を浮かべている。その毒気のない様に、気づけば正十郎も足を止めていた。

「お前……」

正十郎は問いかける。すると、平吉は歌うように口を開く。

「……遅かったな」

目の前の男を、斬らねばならぬ。柄に力を籠めるが、なぜか振り下ろすことは叶わなかった。

気圧《けお》されている、それに気づいたのは、駕籠の中を覗き込んだ明石の武士たちが騒ぎ始めた頃であった。狂乱がひたひたとこちらにまで迫りつつある。

短く、平吉は笑った。

「なあ、あんたはその刀で何をしてきた？」

「なんだと？」

「わしは、仇討《あだうち》を果たしたぞ。あんたは？」

「俺は……」

答えられずにいるうち、まるで正十郎の愚図を嗤うかのように、平吉は腰に提げていた山刀を引き抜くと首筋に当て、一息に横に引いた。夥《おびただ》しい血が傷口から溢《あふ》れ、そのまゆっくりとうつぶせに斃《たお》れた。

平吉は、誰の手にもかかることなく、死に遂げた。

しばし呆然としている正十郎であったが、後ろから届く怒声に気づいた。振り返ると、明石の武士たちが血相を変えてこちらに迫ってくる。

正十郎は抜き身の刀を持ったまま、茂みの中を駆けた。

宿場前の街道筋は混乱の坩堝《るつぼ》にあった。

表通りを走り回るやくざ者たち。右往左往して隣の者と不安げに話をする商家の者たち、困惑げに立ち止まり、笠を傾けている旅人たち。皆、宿場の西外で起こった事件に釘付けとなり、人の流れもそちら側一方になっている。笠を被った正十郎は刀を鞘に納め、肩をぶつけながら人の流れに逆行した。

ここにはいられない。東には関所があるため西に流れるしかないが、今、西は大混乱になっている。

正十郎の心中には、平吉への敗北感が広がっていた。あの男は、剣を躱したのみならず、正十郎の依《よ》って立つところまでも砕き去った。

正十郎は凶行の場から離れていく。宿場町の人々は大名の突然の死に気を取られ、流れに逆行する正十郎の姿など目に入っていない様子だ。

宿場の半ば頃にまでやってきたその時、正十郎は、そこに立つ人影に気づいた。

裏通りの木塀にもたれるようにして立っている、赤っぽい小袖に市松模様の帯。目を伏せるお升は正十郎に気づくなり、少し哀しげに笑った。

「なぜここに」

正十郎の問いかけに答えず、お升は弾んだ息を調えることなく続けた。

「逃げるんだろ」

お升は正十郎に駆け寄ると手の中にあった包みと文を握らせた。正十郎が手を広げると、結構な目方のある、見慣れぬ赤い財布が入っていた。文は、寺の発行した通行手形であった。

「あたしのなけなしの金さ。手形は借財で首が回らない糞坊主に書かせた」

なぜお升が身銭を切ろうとしているのか、なぜ手形まで用意したのか、まるで魂胆が見えてこなかった。だが、どちらも喉から手が出るほど欲しい。

正十郎が財布と手形を懐に納めると、お升は正十郎の手を引いた。しばらく走ると、落合宿の東の端が見えてきた。冠木門《かぶきもん》を潜り、関所を越えれば煩《わずら》いはない。

と、正十郎はふと、背中に冷たいものを感じ、お升の手を払った。

「どうしたんだい」

振り返ったお升も、事態を理解したらしい。

「どうやら、お見送りらしい」

正十郎が振り返ると、そこには一人の少年が立っていた。肩を落としながら小汚い羽織を揺らしている。力ない目で正十郎を見遣るその少年の手には、抜き身の脇差が握られていた。

見覚えがある。この少年は、この前逃げた弟だ。

茫然としていた少年は、顔を上げるや牙を剝いた。

「兄の仇《かたき》だ」

脇差を振り回して迫ってくるものの、捨て鉢な突進に過ぎない。足蹴にしてやると、少年は水溜まりの中に倒れた。体中を震わせ、正十郎を睨み上げながら立ち上がった少年はまたも突進してくる。しかし正十郎はまた足であしらった。いくら繰り返しても、少年は起き上がってくる。

「諦めろ」正十郎は吐き捨てた。「お前では勝てない」

既に目の前の少年はぼろきれのようになっていた。目の上には赤いこぶができ、口もとからは血を流している。だが、涙を流しながらも、少年の目には暗く淀んだ炎が宿り始めている。

足蹴にされ、水溜まりの中に尻餅をつきながらも少年は絞り出すように叫んだ。

「仇を、取るんだ」

呆然と立ち尽くしているうちに、心中から、羨《うらや》みが湧いた。

尻餅をついている子供は――そして平吉は――他人のために生きている。だが、正十郎はただただ己のために血刀を振るだけだ。

今にも降り出しそうな天を見上げた正十郎は、尻餅をついたままの子供を見据えた。この落合の景色を鍋の中にぶち込んで一緒くたに煮たかのような、暗い目の色をしていた。

正十郎は子供に話しかけた。

「――おい」

子供は答えない。

構いはしなかった。希《こいねが》うように、正十郎は口を動かしていた。

「いつか、俺を斬ってくれ」

最初、呆然としていた子供であったが、やがて、ゆっくりと立ち上がり虚ろな目で正十郎を見据えると、踏ん切りをつけるように踵《きびす》を返して裏路地の中に身を溶かしていった。

一人、立ち尽くしていると、笠に、ポッ、ポッ、と軽い音がし始め、やがて間隔が狭くなっていき、ついには辺りの景色が白むほどの大雨になった。

肩を濡らすお升は短くため息をついた。

「あの子の目、あんたにそっくりだね。まるで、狂い犬だ」

「そうか」

「狂い犬は、一生狂い犬なのかもしれないね」

「ああ。同類に食われて骸《むくろ》を晒すのが狂い犬の定めだ」

正十郎が天を見上げながらぽつりと言うと、お升は下を向いて路傍の石をつま先で蹴った。

「――なんで、助けたいなんて思っちまったんだろうね、あたしは」

お升に頭を下げると、正十郎は東に向かって歩を進め始めた。

笠に当たる雨音だけが、ただただ辺りに響いている。

話が無惨に切り刻まれている。鈍痛を覚えつつも、幾次郎は頁を繰っていた。

手書きの戯作に付された疑問の数々。『歴史上斯様《かよう》ナ事実ハアリ得ズ』、『史料ニ一切確認ヲ取レズ』などと自信たっぷりの筆致で書き入れられている。どうやら完成一つ前の稿本だったらしく、挿絵までついている。見覚えのある筆の運びに思わず絵師の名前に目をやると、弟弟子、月岡芳年の署名があった。修羅場を描くのが得意な芳年らしい、怖気の向こう側にある孤高の耽美《たんび》を見る者に投げかけてくるような血みどろ絵にも、こまごまとした疑問がつけられている。そして、最後の頁には、この疑問をつけた人物の名が大きく書いてあった。

明治十年　依田學海　記校注

と。

依田学海《よだがっかい》。その名前を見た瞬間、総毛立った。

高名な漢学者だが、芝居関係者からすれば疫病神同然だ。お上主導で進められている演劇改良運動、その中心地たる演劇改良会の主要人物の一人だからだ。

依田の活動は多岐に亘《わた》っている。演劇改良会が是としない、勧善懲悪的ではない芝居、風紀の紊乱《びんらん》を招く芝居、旧弊を称揚する芝居を劇評の形で攻撃するという評論活動は、新進気鋭から大御所まで、等しく狂言作者を萎縮させている。その筆鋒は黙阿弥の芝居にさえ向かっており、考証の甘さをさも鬼の首でも取ったように新聞に書きつけている。それだけではない。依田は演劇改良会の作る新しい芝居の考証を担当している。作り手の側に回って改良会の理想を体現すらしているわけだ。

それにしても――。

なぜこんなにも、腹立たしいのだろう。

疑問を抱いているうちに、本を抱えた清兵衛が戻ってきた。

「おやおや、どうしたんだい」

「どうしたもこうしたも、なんですかいこれァ」

「ああ。幾次郎も怒ってくれたかい。嬉しいね」

呑気な清兵衛の言葉によって毒気を抜かれてしまった。幾次郎がきょとんとしている間に、清兵衛はまた差し向かいの椅子に座った。

「こいつはたぶん、演劇改良会からか、あるいはどこかの芝居小屋から流れ出たものだろうね。どちらにしても世に発表されたものじゃない。おそらく、没になったんだろう」

嫌な言葉だ。

「没」

「あたしだって元を正せば版元だから、大体のことは分かる。まずは戯作者、あるいは狂言作者がこの戯作を書いた。で、依田さんに考証を願ったものの、話の根幹に関わる部分にまで物言いがついて直せないままお蔵入り、ってところだろう」

清兵衛は本を開き、本文を指した。

「ほら、例えばここだ。依田さんは『大名ヲ浪人風情ガ討チ果タスナドアリ得ズ』と書いちゃいるが、そんなこと言われたら根っこが揺らいじまうだろう。だって、猟師が大名を討ち果たすのがこの話の肝なんだから。それに、この話、まったくの大嘘ってわけじゃないらしい」

「どういうことですかい」

「これは依田さんも認めているが――。松平斉宣《なりのぶ》公が加増を願い出た件は御公儀の文書に残っているし、尾張領内で斉宣公一行が町人の姿に身をやつした話は、松浦静山《まつうらせいざん》っていう大名の随録『甲子夜話《かっしやわ》』にも記載があるらしいよ」

「ってことは、仇討も本当にあった……？」

「どうだかねえ。斉宣公は二十歳で死んでるが、病死かもしれないからね」

「じゃあ、実際のところは」

「まっとうな落としどころを言えば、実際のところはよく分からん、ってところさ。確かなことは、松平斉宣っていう暴君が、突如二十で死んだっていうところまでさ」

「へえ」

「呆けた声を出すんじゃないよ。ここからが大事なんだ。過去のことなんざ、一から十まですべて明らかになるはずはないんだ。確かに、ああいうことがあった、こういうことがあった、とは言うが、もしかしたら嘘かもしれないし、後世作られた物語かもしれねえ。まるで、黙阿弥先生のお熊ものが、実際のお熊だと信じられたみたいにね。鶴屋《つるや》南北《なんぼく》の『四谷《よつや》怪談《かいだん》』もそうだ」

お岩《いわ》怪談とも言われる芝居で、己のことを棄てた夫の田《た》宮《みや》伊《い》右《え》衛門《もん》に対して、お岩が死してなお付きまとい続けるという筋書きのものだ。

「お岩だって、田宮家では家を再興した良妻と伝わっているらしい。本当のところ、お岩がどんな女だったかなんて誰にも分からない。物語と歴史ってのは、案外区別がつきにくいものなのさ。だが、学者の先生や政府のお歴々は、単純に物語と事実を切り分けることができるって思ってる。で、事実を並べるだけで面白い戯作になると信じているんだから笑い草だよ」

腕を組み、心なしか熱のこもった口調で清兵衛は続けた。

「事実なんてもんは元々無味乾燥なもんさ。いうなりゃ、潰れた紙風船みたいなもんだ。その中に物語を詰め込んでやってはじめて形あるものになる。演劇改良運動のお歴々は、そのあたりを履き違えているんだよ。もちろんあの連中は潰れた紙風船の膨らませ方を知ってる。でも、それがやり方の一つでしかないってことをあいつらは顧みないんだ。学問と物語じゃ膨らみ方が違うのは、依田さんの野暮な校注にも明らかなのにね」

だから、と清兵衛は言った。

「物語は死んじゃいけないんだよ」

清兵衛はテーブルの上に一冊の本を置いた。

「これで最後の一冊だ。心して読むんだよ」

やはり草稿の類なのだろう、表紙は白紙に墨で題字が書かれている。ざらりとした手触りの冊子を幾次郎が手に取ると、清兵衛は小さく頷いた。

夢の浮橋

一

あんたかい、話を聞きたいってェのは。

よくいるんだよ、そういう手合いが。四十女《しじゅうおんな》に声を掛けるんなら、もっと気の利いた口説《くど》き文句もあるだろうに。どうせあんたも面白半分なんだろうけれど、もうたくさんだよ。さもてめえは善人でござい、って面《つら》して、苦労してるんだね、大変だったたねって訳知り風にものを言うのさ。別にあたしは誰に助けを求めてもいやしないし、慰めの言葉なんざ要らないのに、てめえの物差しで人間を下に見て、ぱっとしないてめえを慰める。反吐《へど》が出るね。

金を払うから話を聞かせろ？　嫌だね。あたしはこれでも芸人の端くれだよ。芸じゃないことで金を受け取るなんざ、てめえでてめえの看板に泥塗るようなもんだ。

――わかったよ。じゃあ、こうしようじゃないか。この見世物小屋は、例祭《れいさい》の間、ずっとかかってる。木戸銭《きどせん》さえ払ってくれりゃ、舞台の合間に話してやるよ。客は一人でも多い方がいい。芸しか売らない芸人でも、毎日足を運んでくれるお客になら、媚《こ》びを売る気にもなる。

へえ。あんたも暇だね。江戸の不景気もいよいよだ、こんながたいのいい男があぶれちまうなんて。でも働かなくっちゃならないよ、何があってもね。は？　あんた、江戸の人じゃないのかい。わざわざ花のお江戸まで来たのに見世物小屋に入り浸るなんて、いよいよ暇人じゃないか。

いけないいけない。客のなさりように口を挟むのはよくないね。忘れてくんな。

さて、どこから話したもんかねえ。あたしは頭が悪いんだ。頭《はな》っからしか話せないよ。あたしには話芸なんかないんだから。

辛いときにふと思い出すのは、いつだってあの灰色の海さ。

松林の手前にぽつんと建つ、地引網の干された蠣殻葺《かきがらぶ》きの小屋。海藻やら木くずやら貝殻やらが打ち上げられる砂浜。寄せては返す波、うねる沖の向こうに浮かぶ小さな帆《ほ》立舟《たてぶね》たち。潮風と曇り空と果てなく広い海が浜にすがるように生きている村人を呑み込もうと窺《うかが》っている。それがあたしの故郷だ。

今となっちゃ、どこなのかは分からない。遠い昔、行商の客にその話をしたら、上総《かずさ》下総《しもうさ》の九十九里《くじゆうくり》浜《はま》じゃないかって言われたけど、あんまりぴんとはこなかった。あの灰色の海が、直に見たものなのか、それとも幻なのかもはっきりしないんだ。あとから作り上げた夢みたいなもんじゃないかって気もするよ。だとしたら笑っちまうね。思い出の中くらい、綺麗な姿を描いてやりゃいいのにね。どうせ戻れやしないんだからさ。

あたしの本名は留《とめ》ってんだ。親が「これで子供は打ち止め」って決心してつけた名前さ。もっとも、あたしが七つの頃には、弟が囲炉裏《いろり》周りを這い回っていたんだから笑い草さ。

うちのお父《とう》は網子《あみこ》だった。網元にこき使われる貧乏漁師だ。普通なら妻と子供を食わせる稼ぎもないはずだけど、うちの故郷の網元が存外にいい奴だったのか、貧乏だったにしても暮らしてはいけたのさ。

お父が死んだのは、あたしが八つの春だった。

海で死んだってェなら様にもなったのに、お父は陸《おか》で死んだ。村の煮売屋で、肩が当たったの当たらないのの喧嘩の挙句、いきり立った相手が短刀《どす》で一刺し、そのままぽっくり。しかも相手は杳《よう》として行方知れずさ。

あの日のことはよく覚えてる。なぜか自分の家が余所様《よそさま》の小屋みたいに見えたっけ。線香を買う金もなくてねェ、漁村だから生臭ものには慣れているはずだったのに、鼻が曲がっちまうような鉄の臭いがどうしても駄目だった。多少分別のついてるあたしだってそうだったんだ、ようやくよちよち歩きができるようになったばっかりの弟なんて近寄りたがらなかった。お別れを言いそびれちまうからって無理やり枕元に座らせて、後ろから抱きしめるようにして弟に手を合わせさせたんだ。

お父の弔いが終わってからは、お決まりの道行だ。地引網の引手だった兄ちゃんがお父の代わりに海に出るようになったけど、お父ほどには稼いできてくれてなかったみたいだ。苦労が祟《たた》ってお母《かあ》も体を悪くしちまった。一年も経った頃には、家ん中はにっちもさっちもいかなくなってた。

あれは秋の日だったよ。生温かい南風《はえ》が波を砕いて、しょっぱい水のしぶきを運んできてたっけ。松葉が沢山落ちてる、って喜ぶ弟と背中の籠一杯に枝葉を詰め込んで意気揚々と家に帰ると、その日は様子が違ったんだ。上がり框《がまち》のところに、一人の男が座っていた。

地付きの人にしては魚の臭いがしないし、旅の人にしては袖に汚れた感じがなかった。藍色《あいいろ》の絹着物にかるさん袴《ばかま》姿、横鬢《よこびん》が大きく張り出した乱れのないお髪《ぐし》は、ここらじゃそうそう見られない、洒脱なお姿だったよ。

枝葉を三和土《たたき》の隅に下ろした後、お客さんかって聞いたけど、囲炉裏の周りに万年床の蒲団を敷いて火の番をしているお母は、下を向くばっかりで何も答えてくれなかった。仕方なく用件を聞くと、その男はおもむろに立ち上がって、あたしの前に屈みこんで視線を合わせた。表情がなかったよ。子供相手なんだからお愛想笑いをしてもいいもんだろうに、凍り付いた顔でこう言うんだよ。おめえは今日から江戸に行くことになった、ってね。

嫌だ、ってあたしは言った。まだ九つの餓鬼《がき》が親元から離れたいわけがないだろう。男は面倒そうに言い返したよ。おめえがどうしたいかなんざ聞いてないって。

村の子供の中には、突然いなくなっちまう子もあった。遠くの親戚のところに貰《もら》われていくからって挨拶に来た子もいた。御奉公に上がることになって江戸に行くことになったっていう子もいたよ。でも、そのどれもが嘘だってことは勘付いてた。皆、因果を含まされたのか、微笑んでたよ。まるで山のお堂の阿弥陀《あみだ》様みたいに。またね、って声をかけても、曖昧に微笑んで目を伏せるだけなんだ。あたしも、村から消えた子供たちみたいにお堂の阿弥陀様になっちまったんだって気づくと、心が芯から冷えていくような心地がしたよ。

目の前の男が首《こうべ》を垂れたあたしの手を取ろうとしたその時、後ろにいた弟が、突然飛びかかって男の腕に嚙みついた。大の大人に敵うはずもないってのにね。案の上三和土に振り落とされた弟は何度も足蹴にされた。

諦めろ。三和土の上でのたうつ弟を見下ろしながら、そう男は言った。それは弟への言葉のようで、この家の者皆への言葉だったんだろう。顔をぐしゃぐしゃにして涙を流す弟の顔めがけて男が懐からきらきら光る一分金《いちぶきん》を投げ落とすと、ようやく弟は静かになった。

男はお母に小さな包みを突きつけるように渡した。そうしてあたしの手を引いて入口の戸を潜って家の外に出た時、忘れ物でもあったように振り返って、この顔ならばそう悲惨なことにはなるめえよ、って、ばつが悪そうに言うんだ。お母は力なく、娘をお願いいたします、と、手を合わせて拝んでいた。

あたしは悟った。もう二度とお母とは会えないだろう、と。

それからは、朝早く旅籠《はたご》を発っては、日暮れに宿場に入る日々、連日歩かされてまるで足は棒みたいになっちまった。初めての江戸行きでも、心躍るわけがない。時折しも紅葉の頃で、遠くの山々が紅く燃えていたけれど、そんなものはあたしの心を少しも慰めちゃくれないばかりか忌々《いまいま》しいばっかりでね。白黒の景色の中に自分だけ取り残された心地がしたよ。

たびたび足を止めて来た道を振り返るあたしを見かねたのか、男が口を開いた。おめえひとりが世の中の理不尽を背負ったような顔をするな、って。

言葉の意味を呑み込めずにいると、男は薄く笑った。まるで、自分自身の境遇を嗤《わら》うかのようだった。思えば道行の間、あの男の表情らしきものを見たのはその時だけだった気がするよ。

男は女衒《ぜげん》だった。あたしは九歳にして、籠の鳥になったのさ。

二

おやおや、今日も来たのかい。見世物小屋に通い詰める阿呆《あほう》が本当にいるなんて思わなかったよ。せっかく裏を返しに来たお客さんを帰すのは芸人の名折れってもんだ。どうだったたい、今日の芸は。そうかいそうかい、喜んでいただけて嬉しいよ。

そんなことより、あんた、いいのかい。江戸見物しなくて。おのぼりさんなんだろ。

吉原《よしわら》とか両国《りょうごく》に足を運べば余所《よそ》じゃ見られないもんがごろごろ転がってるってのに。あんたもとんだ朴念仁《ぼくねんじん》だね。

――ちょいとッ。誰かいないのかい。

うちの裏方連中が休みに入っちまったみたいだ。これじゃ煙草《たばこ》も吸えやしない。ああ、あすこにある朱塗りの煙草盆があたしのだ。吸わせてくれるのかい。悪いねえ、お客の手を煩《わずら》わせちまって。――仕事が終わった後の一服はたまらないね。

あんた、随分とまめだねえ。

褒《ほ》めてやった途端にそう物欲しげな顔をしなさんな。昨日はどこまで話したか。ああ、あたしが女衒に売られたところまでだったっけ。講釈師《こうしゃくし》なら、こう盛り上げるところだね。

はてさて、これからどうなったかと申しますれば――。

女衒に手を引かれて入ったのは光の町だった。

大門《おおもん》をくぐると表の茶屋や置屋の格子から漏れる明かりがすうっと大路まで延びててそれはそれは綺麗なもんでね、まるで竜宮城に迷い込んだような気分だったよ。木綿《もめん》のぼろ一枚を巻き付けてよしとしているような貧乏人は一人もいなくて、絹の羽織に色違いの着物の御大尽《おだいじん》が、取り巻きを引き連れて肩で風切って歩いているんだよ。同じ男でもこうも違うもんかって驚いたもんさ。

表通りを流れに任せて歩いていると、しゃらんしゃらんと甲高い音が遠くから聞こえて、ふいに辺りが賑やかになった。何かあったのかと騒ぎの方に向いた時、女衒に強く手を引かれて道の端に連れて行かれたんだ。他の通行人たちも脇に退《の》いて、広い表通りに人二人が通れるほどの道が空いた。

しばらくすると、華やかななりの一行がやってきた。目の覚めるような赤糸刺繡《ししゆう》の重そうな打掛を纏《まと》った女が、腹の前で錦帯の結び目を作って、背の高い塗りの駒下駄を裸足で履いている。その姿がそれはもう綺麗でね。あたしとそう齢の変わらない女の子二人と肩を貸す男を先導に、傘を掲げる男衆《おとこし》と荷物を抱える女たちを引き連れて、つま先で大きく地面に輪を描くような不思議な足取りで少しずつ歩いてくる。頭に沢山差されたかんざしがまた重そうで、中でも前差しにしている柳の葉みたいな形をしたかんざしが歩くたびに、ちゃりちゃり音を立てるんだ。居合わせた客たちはみんな、その音に聞き入るかのように口をつぐんでいた。

道を行く女の顔は真剣そのものだ。口元に柔らかい笑みを浮かべていても、目は笑っていなかった。けれど、その氷のような微笑みが、元より整った顔立ちをした女を猶《なお》のこと引き立ててた。ふとした時、女の左目尻に泣き黒子《ぼくろ》を見つけたあたしは息を吞んだよ。こいつは作り物じゃなくって生きてるんだって。そうこうしている間に、連中は茶屋の玄関に消えちまった。一息つくと、ようやく、道の脇に退いていた人たちも、一人、また一人、往来の流れに戻るんだ。

あれはなんだったの？　しばらく歩いたところでそう聞くと、女衒はうんざりとした顔で、花魁道中《おいらんどうちゅう》だって教えてくれた。おいらんってなあに？　どうちゅうってなあに？　呑気に聞くと、女衒は最初こそあれこれと教えてくれていたけど、最後には、そのうち分かるってだんまりさ。

あたしが売られたのは、表通りに見世《みせ》を構える兵庫屋《ひょうごや》っていう大きな置屋だった。張見世には朱塗りの格子が立てられていて、その奥には鼈甲《べっこう》のかんざしや櫛《くし》や笄《こうがい》で着飾った女たちがにこやかに微笑んで座ってた。男がやってくると格子越しに煙管《きせる》の吸い口を差し出す。格子の隙間から伸びる白い手の数々は、まるで生者を地獄に引きずり込む亡者の手みたいだった。

女衒はそこの忘八《ぼうはち》さん――主人と、店先の帳場台の前で膝を突き合わせて話し始めた。時折あたしの顔を見て、忘八さんはまるで足の早い魚でも売り買いするように指を何本か立てて、最後には女衒が頷いた。話はまとまったらしい。かくしてあたしは遊女になったわけだ。

忘八さんは常に笑みを絶やさないけれど、何を考えているかさっぱり分からない人だった。いつも茶の着物なんだ、春夏秋冬いっつもね。一張羅《いっちょうら》ってわけじゃない。あのお人のお部屋の簞笥《たんす》には同じ色をした長着が何着も入っている、ってみんな気味悪がってたよ。そんときも忘八さんは茶色い着物姿でね、二階にある大きな部屋にあたしを押し込めて障子を閉めた。八畳くらいかね、華奢な簞笥に化粧台があるだけのこざっぱりとした部屋で、白粉《おしろい》の香りにむせかえりそうになった。南向きの欄干《らんかん》からは下を歩く男たちの姿がよく見えた。でも、畳敷きのその部屋のどこに身を置いたらいいのか困っちまった。真ん中にどっかりと座るのも気が引けたし、さりとて部屋の隅にも居場所がない気がしてうろうろしていたんだよ。そうこうしている間に戸が開いた。

部屋の中に入ってきたのは、赤糸刺繡の打掛を纏った女の人だった。衣紋《えもん》を抜いた細首を撫《な》でる女の人の左目尻に泣き黒子を見つけた時、あたしははっとした。何も言えずにただ見惚《みと》れていると、さきの〝おいらんどうちゅう〟では凍り付いたような顔をしていた女の人が、紅を差した唇を開いて、翳《かげ》のある表情で笑ったんだ。

あんたが忘八さんの言いなんした子でありんすか。

女の人の第一声がそれだった。慣れない廓言葉《くるわことば》にどう答えたらいいか分からずに曖昧に頷くと、その女の人は鈴を転がすような声で続けた。あちきは八橋《やつはし》、この見世の花魁、これからは姐《あね》さんって呼びなんし、って。あたしは、姐さん、って言葉が今一つぴんとこなくて、口の中で繰り返したよ。家には女きょうだいがいなかったからねェ。打掛を衣紋掛けにかけてから、あたしを部屋の真ん中に座らせて、諭《さと》すようにこう言ったんだ。

これから、あちきらは一蓮托生《いちれんたくしょう》の仲間、仲良くいたししんしょう、って。

仲間。まさか、ここでそんな言葉を聞くとは思わなくて、はあ、って変な声が出ちまったよ。で、それまでは心細いとも苦しいとも思っていなかったのに、あの灰色の海と病気のお母、小さな弟の姿が目に浮かんで、気づいたらしゃくりあげてた。そしたら姐さん、突然おろおろしだしてね。ほら、いるだろう、預かった途端に赤ん坊に泣き出されちまって、どうしたらいいのか途方に暮れる奴さ。姐さんはちょうどそんな風に困っていたけど、ふといいことを思い出したとばかりに箪笥の中から、変なものを取り出してきた。

手の中に納まるくらいの大きさをした、布で銀杏《いちょう》の葉の形に作られた何かだった。蝶々のように左右に広がる羽の下に鈴がついているそれを怪訝《けげん》そうに見ていると、姐さんは半尺程度の高さをした縦長の台の上に立てた。腰に差していた扇を引き抜いて開くと、両手で抱えて前に差し出すように放った。ひらひらと舞う扇はやがて銀杏の葉のなりをしたそれに当たって、しゃらしゃらと鈴を鳴らしながら畳の上に落ちた。

あちゃあ、と独り言《ご》ちて、姐さんは舌を出した。花散里《はなちるさと》でありいしたか、と。

姐さんが言うには、銀杏形の的《まと》——蝶っていうらしい——を扇で落として得点を競う投扇興《とうせんきょう》って遊びだという。ただ落とすだけではだめで、蝶と扇と台——枕——の位置関係によって点数が決まる。扇と蝶が重ならずに落ちた場合、花散里という役になるらしい。

やってしなんせ。扇を差し出されて、一も二もなく頷いた。三尺ほど離れた蝶はひどく遠く感じて、力一杯に投げると、扇は風に吹き誘われた引き札のような動きを見せて、一瞬高く飛び上がった後、畳の上にぐしゃりと音を立てて落ちた。

姐さんはあたしの頭を撫でて、そうじゃなくて、ふんわりと、差し出すように投げてやりなんし、と教えてくれた。言われたようにやってみたら、真っ直ぐには飛ぶようになったけれど、的には全く当たらなくって、あさってのところで落ちちまった。

まあ、そのうち覚えりゃようありなんしょ。

扇子を返すと、姐さんの手が汗ばんでいるのに気づいた。その時初めて、このお人も焦っていたのだと子供ながらに察したよ。

これが、八橋姐さんとの出会いさね。

三

今日も来たのかい。若い衆の間で噂になってるよ。毎日のようにあたしを訪ねてくる熱心な客がいる、って。本当に律儀だねえ。

そういや、あんたからは不思議と土の匂いがしない。なんでだろうね。

この見世物小屋一座は諸国津々浦々《つつうらうら》を旅しているんだ。山に住む客、平野に住む客、海近くに住む客。微妙な違いを嗅ぎ分けられるようになっちまった。変な芸だねえ。

あたしたちは、見られているだけじゃない。真っ暗な見物席にいる客の顔を眺めているもんなんだよ。あの客はこっちの手管《てくだ》を見抜いてやがる、ああ、あっちの客には種が割れてないってね。見世物小屋ってのは、案外客の声が聞こえないものだから、ついつい客の顔色を窺っちまう。松島沖に漂着した人魚を御開帳、なんていう嘘っぱちをやるときには、種がばれたら大変なことになるからね。――ああ、念のため言っておくけど、あたしの芸に種はないから安心しておくれよ。あたしが客の目を気にするのは、自分の芸がうけていたかどうかを知りたいからなんだからさ。

あんた、今日のあたしの芸、どうだったい。

だんまりかい。一番傷つくね。

なんて顔しているんだい。心配しなさんな、話はしてやるさね。芸人ってのは、どんな客を相手にしたって笑顔でいなくちゃいけないんだからね。そして、きっとそれが、姐さんがあたしに教えてくれた教訓の一つなのかもしれないよ。

ああ、悪いんだけどさ、あそこの戸を開けてくれないかい。悪いねえ。――生き返った気分だよ。白粉の匂いはどうも好きになれないんだ。つい廓のことを思い出しちまうもんでね。

吉原に入ってしばらくして、あたしは禿《かむろ》に登った。

禿って知ってるかい。花魁の後ろで所作や振舞いを盗んで、芸を教えてもらって、花魁になるべく仕込まれてる子供のことさ。もっとも、三味線が弾けないとか、百人一首を覚えきれないとか、舞の所作が身につかないとかで脱落しちまって安女郎《やすじょろう》の道まっしぐらって子もいるし、たまたま上がつかえてて花魁になれない、つくづく運のない奴もいる。あたしはそんな競いの場に放り込まれたって訳さ。

それからは八橋姐さんについて行儀見習いと三味線と舞の練習の毎日さ。姐さんのお呼ばれのない日に色んな芸を教わったよ。舞は嫌いじゃなかったけど、三味線は難しかったねえ。姐さんは眠そうに目をこすりながら、稽古にも付き合ってくれたっけね。お琴は好きだったけど、よく指を切ったっけ。

姐さんとの日々の中で一番楽しかったのは、投扇興だったね。

あれをやるのは、決まって日の終わり。下駄の天気占いみたいに、明日もいいお客からお呼ばれがあるかどうかを占っていたのかもしれないね。投扇興をしている姐さんは真剣だった。きっと、十八、九の年の頃だったんだろうけど——、普段のつんと澄ました風を脱ぎ捨てて、祈るように扇を投げていたっけ。

十日に一遍、特別なお客さんが上がってくることがあった。花魁はいつも客のいる茶屋に呼ばれるものだけど、そのお人だけは置屋の兵庫屋に上がるのを許されていた。その時は決まって部屋から追い出された。だから、先輩の禿に——もう名前も顔も覚えちゃいないけど、手を引かれて下の張見世で茶を挽いてる姐さんたちと三味線の練習をしていたよ。一回だけ気になって特別なお客さんの姿を覗き見たことがあったけど、擦り切れた木綿の長着に夏袴——、野良犬みたいななりをした男の人と姐さんが投扇興をやってるところだった。旦那はお上手じゃありなんせん、って鼻にかかった声で笑う姐さんに、男の人は怒りもせずに誤魔化し笑いを浮かべてた。

あたしはわずかに開いていた戸をそっと閉じた後、がっかりしたね。花魁があんな金もなさそうな薄っぺらい男に入れあげるなんて、ね。

ある日、投扇興の最中に聞いたことがあった。姐さんにとっていい人ってのはどんなお人、って。

扇を投げた姐さんは真顔でこう言うんだ。裏切らない人、って。

あの頃のあたしは世事に疎《うと》かったから、姐さんの言うことなんて何にも分かっちゃいなかった。

姐さんも子供相手だからって物事を嚙み砕いて教えてくれるような人じゃなかった。でも、正直な人だったね。また花散里でありいす、とぼやきながら枕に蝶を立て直した姐さんは、こちらに振り返りもしないで、冷たい声を投げかけて来たよ。

苦界《くがい》におりなんす人間のことは、誰一人として信じなんすな、って。

投扇興の蝶なんて目に入ってなかった。あたしからすりゃ、姐さんは浮世の波間に浮かぶ一切れの板みたいなもんさ。姐さんが信じられなかったら、真っ暗な海の中に沈んじまう。

じゃあ、姐さんは？　姐さんも信じちゃいけないの？　あたしはすがるように聞いたさ。でも、姐さんは突き放したように言うのさ、誰も信じちゃいけない、あちきさえもね、って。

瞼《まぶた》が熱くなってたまらず目を閉じたその時、おでこに軽い痛みが走った。おでこを指で弾かれたのだと気づいた時には、姐さんは扇子をあたしに差し出しながら、諭すようにこう言ったんだ。

「もし、自分の幸せだけを考えるなら、誰も信じなんすな。さもないといつの日か、情に搦め捕られる羽目になりいすよ」

亀の甲《こう》より年の劫《こう》ってのはよく言ったもんで、今のあたしの肚《はら》には落ちてる。だからあたしは今、手前しか信じてない。

あたしが吉原にやって来た次の年の春のこと。まだまだ夜に吹く風が冷たくって思わず震えちまったのを、先輩禿に小馬鹿にされたのをよく覚えている。落ち着きなんせ、って。でも、かく言う先輩禿の口元も震えていたから、あんまり気にはしなかった。

あれは、あたしにとっては初めての、花魁道中の付き添いだった。禿のやることはさして多くない。花魁の前に立って錦包みの三味線を運ぶのがあたしの御役目だ。鏡越しに見た、赤く染められた絹の振袖を着せられた自分の姿は、まるで人形みたいだったよ。ふと、故郷の漁村で解《ほつ》れた網を繕《つくろ》っている自分の姿を思い浮かべようとしたけど、靄《もや》がかかっていてうまくいかなかった。

道行を何度も頭の中で繰り返す。大した道のりじゃないし、先触れを追い掛ければいい。店の玄関先で何度も何度も自分に言い聞かせていると、あたしの肩に手が触れた。振り返ると、萌黄《もえぎ》の打掛を纏って、重そうなかんざしを幾つも差した姐さんがあたしの肩を何度も撫でていた。姐さんの手は温かくて、震え一つなかった。

玄関の戸が開き、先触れの下人が錫杖《しゃくじょう》を手に外に出ていった。その姿をぼうっと眺めていると、忘八さんが出ろと促した。心の臓の音が痛いほど聞こえて足先にまでその脈動が伝っている。振り返ると、姐さんは笑顔を浮かべたままで頷いた。前を向いたあたしは先輩禿を追いかけてゆっくりと歩き出した。

一歩一歩踏み締めるように表に出たあたしを待っていたのは、これまで浴びたことのない視線の春時雨だった。

吉原の町を行く誰もが、足を止めて道の端に寄っている。顔を錦の頭巾で隠している御大尽も、浅葱裏《あさぎうら》の侍も、どこかの茶屋に弁当を運ぼうとしている料理屋の遣いも、稽古着姿で連れ立ってやって来ている若い武士たちも。誰しもが、好奇と期待に目を輝かせている。一瞬、その値踏みするような視線にあてられて怯《ひる》みそうになったものの、そのうち、あたしは気づいた。自分に向けられたものじゃあない、って。それで少し、気が軽くなった。

しばらく歩くと、後ろから歓声が上がった。姐さんが姿を現したのだろう。やはり、あたしのことなんざ見ていない。そう、ほっとした時だった。人垣の足元から、小さな石が転げ出てきた。不思議とその様はゆっくりに見えたよ。その石は横を歩く先輩禿の足元に転がっていった。でも当の本人は気づく様子もなかった。すると、あ、と声を出す間もなく、先輩禿が石に躓《つまず》いたんだ。手に持っていた琴が地面に転がって、錦の袋の中で音を立てて曲がった。

見物人からも声が上がる中、一瞬、先輩禿と目が合った。彼女は、何が起こったのか分かっていない様子だった。その時、ふと、姐さんの言葉が頭を掠《かす》めたよ。『もし、自分の幸せだけを考えるなら、誰も信じなんすな。さもないといつの日か、情に搦め捕られる羽目になりいすよ』

助けを求める先輩禿から目をそらして、何事もないかのようにあたしは皆と同じように進んでいった。

それからの座敷は覚えていない。一人、三味線を運ぶという役を果たしきったあたしは褒められて、琴を壊した先輩禿はこっぴどく叱られた。

その日の夜、姐さんは投扇興の蝶に手を伸ばすことはなかった。花魁道中の件で怒られるのかと思ったけど、あんまり派手にやりなんすな、とたしなめられただけだった。

四

あんたも酔狂だね。もう四日目だっけか。あたしァ、あんたが来るのが心待ちになってきたよ。てめえの話を誰かに聞いてもらう、ってのはとんでもなく気持ちのいいものなんだね。禿の頃、姐さんの客の中に花魁が話を聞いてくれるのが愉しくて通い詰めてるって言ってた分限者の爺がいたっけね。

まさかあんた、お祭りを見てないのかい。ここのお祭りは今日が大入りだよ。獅子舞が火を渡る獅子渡りがあるんだからね。

若い獅子が自分の男伊達《おとこだて》を競い合って、最後は火を渡ろうとして死ぬ羽目になるって筋立てさ。それを、毎年、飽きもせずに繰り返すんだよ。ずっと前にあった若衆の男伊達を獅子舞に見立てたものらしいけど、正直、あんまり好きになれないねえ。もうこの世にいないもんを笑う趣味はないからね。あたしだって笑われる側だからこそ、そう感じるのかもしれないね。

悪いねえ。歳を取ると話が長くなっちまう。

見世物小屋から抜けたくないのかって？　あたしはこの生き方しか知らない。逃げても食い詰めちまうよ。ここで働く女も苦界の女も、そこから抜け出たら干上がることを承知してるから、抜けようがないんだよ。それに、どんなに目の前の苦しみから目を逸らしたって、手前の人生はいつもそこで口をぽっかり開いて待ってるんだ。

さあさ、話の続きをしようじゃないか。

件《くだん》の花魁道中の後、あたしは、廓でちょっとした評判になったよ。

先輩の禿が蹴躓《けつまず》いたのに、まるで動じることなく歩いた新入りの禿。こりゃ、将来《すえ》は立派な花魁になるよ、って声を掛けられることも多くなった。あの頃のあたしは鼻高々だったね。そりゃそうだろう？　吉原の華、花魁の脇にいる禿だって吉原っていう苦界の中にあっちゃ相当上の方さ。禿たちだってそれが分かっているから、手前の立場に汲々とするし、姐さんたちにばれないように足の引っ張り合いをするんだ。

結局、花魁道中でしくじった先輩禿は琴のお直し代も年季に乗っちまって、早々に客を取らされるようになったみたいだよ。それを傍目に見て、なおのことあたしは注意深く花魁道中を歩くようになったね。

姐さんについて一年経ち、二年経った頃には、あたしは故郷の言葉を忘れて廓言葉で喋るようになった。三味線の腕も上がって、舞もしくじらないようになって、琴で指を切ることはなくなった。三年経ち四年経った頃には、百人一首は全部そらんじることができるようになったし、源氏物語にも目を通すようになったよ。花魁になるには古典の知識も必要だけど、それ以上に、投扇興が好きだったから頑張れたんだろう。投扇興の役は百人一首とか源氏物語から名前を拝借しているからね。

そんな頃、新造《しんぞ》になったあたしに姐さんは源氏名を授けてくれたんだ。留じゃ色気もないし、何より、廓での名前と本当の名前は分けたほうがいい、そのほうが早く足抜けできるっていう姐さんの勧めに従った格好さ。姐さんがくれたのは、「智《とも》」っていう名前だった。あんたは物覚えがいいからもっと頭がよくなるようにって名ざんす、って姐さんは笑ってたっけ。

源氏名で呼ばれても戸惑わなくなった頃だったかね、ある日、姐さんがその日の客について悪態をついていた。あたしは、初会は中座したもんで、どんな客かも記憶にない。だから姐さんの悪口《あっこう》ばかりが耳に残ったよ。

それから一月くらい経った頃、姐さんと一緒にある茶屋に呼ばれた。

十畳敷きの部屋の真ん中に一人の男が座っていた。藍色の羽織を着た若い町人髷《まげ》の男だけど、髷は一昔前の流行《はや》り、羽織の裏は浅葱色、廓になじんだ目には、おのぼりさんが背伸びしておしゃれしてきたようにしか映らない。膝を揃え腰を丸めて盃《さかずき》の酒をちびちびとやっている様はこれまた貧乏たらしくてね。吉原でも名の通った茶屋の二階を貸し切るもんだから、なおのこと白けちまう。でも、何より、顔のあばたが酷《ひど》いもんで、頬とか額《ひたい》にしっかと残っていたよ。

客の名は佐野次郎左衛門《さのじろうざえもん》。きっと、あんたが知りたい話の主役になる男さ。

姐さんは、戸の前で、まるで毒蜂でも見るような目で佐野のことを見ていたよ。でもそのうち、意地汚そうに頬を緩める佐野が、早くお入りよ、とくるから、従わないわけにはいかない。姐さんもあたしも、おずおずと部屋に入って、廓言葉でいつもの口上を述べた。けれど、姐さんの声はかすれていたし、震えてた。

佐野は酒を呷《あお》って猪口《ちょこ》を置くと、自分の横の畳を指で叩いた。横に座れ、ってことだよ。姐さんは最初、色を失ってたよ。そりゃそうさ、花魁っていやあ、いやな客を袖にできるんだからね。もっとも、あたしが廓にいた頃には、そんなのは昔話だよ。花魁と雖《いえど》も、油親爺《あぶらおやじ》に抱かれなくちゃならない夜もあったのさ。ただ、あの頃のあたしは、花魁は不躾《ぶしつけ》な客を袖にしてもいいもんなのにって無邪気に信じてたよ。ところが、姐さんは青い顔をしながらも従うんだから驚いたのなんの。しなだれかかるように佐野の横に座って、銚子《ちょうし》を手に佐野の盃に酒を注ぐと、佐野は、黄色い歯を剝き出して笑うんだ。

あたしァ、背中が震えたよ。その日はあたしが琴を弾いて姐さんが舞を披露したところで終わっちまったんだ。香が切れたのを見計らっていた姐さんが、香を足されなんすか、と声をかけると、佐野は鼻を鳴らして、分かっているくせに嫌な野郎だな、今日はもういい、次も呼ぶから楽しみにしていろよ、鶴《つる》、って、姐さんの顔を見てにやりと笑ったんだ。

姐さんは佐野と目を合わそうともしなかった。まるでそんな姐さんの様子を楽しむように、佐野は朱塗りの盃に残った酒を舐めていたよ。

兵庫屋の二階に戻っても、姐さんの顔色が戻ることはなかった。人を呼びなんしょか？　そう声をかけても、姐さんは首を横に振るばっかりだった。あの人は何者なんしょか？　何度も重ねて聞くと、姐さんはようやく仔細を話してくれたのさ。

あの男は下野《しもつけ》の庄屋で江戸に広く絹を卸している御大尽、吉原には仕事のついでに来るそうで、普段は実家と江戸を行き来する日々らしい。なるほど、庄屋、道理で金をかけてはいても野暮《やぼ》ったい野郎だったと合点《がてん》がいったよ。

あちきの同郷でありんす、そう姐さんは呟いた。

姐さんもかつては佐野の村の子供だった。水呑百姓《みずのみびやくしよう》の娘と庄屋の息子だけれど、顔を合わせることはいくらでもあった。けれど、貧乏を苦にした親が姐さんを廓に売ったことで縁が切れていた。

あちきはここでは八橋でありんす。それをあいつは村にいた頃の名前で呼びんす。あちきは苦界では鶴ではありんせん。あくまで花魁八橋でありんす。あいつはそれを知りながら、あえていたぶるように呼ばりゃんす、憎い男でありいす、畳を叩きながら、姐さんは悔しがっていた。

その話を耳にしながら、あたしは首をかしげてた。どうだろう、ってね。ただ単に、廓のことが分からないおのぼりさんが、昔を懐かしんで本当の名前を呼んでいるんじゃないか、と。

姐さんは首を振って、こう言った。あちきは、いつになったら鶴って名前を棄てられんしょう、ってね。

十日後くらいのことだったかね。また、佐野の登楼があったんだ。

もちろん揚げられているのは姐さんなんだけれど、その日、月のものがきつくって姐さんの床入りは御遠慮になったんだ。ようやく床入りの許される三度目の登楼だけに佐野は納得していなかったけれど、男衆が出張ったら渋々従った。花魁が月のもので床入りできないときには、新造がお相手をすることになる。でも、お客は絶対に新造に手を出しちゃならない。相方は廓での妻も同然、その供回りである新造に手を出すのは、花魁に対する不貞になる。だから、新造は客に添い寝をするだけ。

でもねえ……。

夜も随分更けた頃のことだよ。何故か薄ら寒いのに気づいて目を覚ましたら、蒲団が剝がされてて、寝間着を乱した佐野があたしの体を舐めるように見回しているんだよ。

まだ何にも不味《まず》いことはされてない。だからあたしは、旦那、どうなんしたか、って震えた声で聞いたもんさ。そしたらあいつ、あたしの躰《からだ》をねちっこく見回してこう言うんだ。綺麗な躰をしているな、って。正直笑っちまったよ。たまにはいるって聞いてたけど、まさか本当に新造を口説く野郎があるなんてね。

あたしの笑い声を諾《だく》と取ったのか、あの野郎、あたしを抱きしめてきたんだよ。姐さんの上客、ここは丸く収めるしかない。何とかなだめすかして眠らせるのも新造の御役目さ。あたしは鼻にかかったような声で、御戯《おたわむ》れはおやめくださんし、って叱りつけたんだけど、それでも聞かない。それどころか、黙っていれば誰にも分かりゃしない、おめえが黙っていりゃ何も起こらない、そう耳元で囁いてきやがった。この時、あたしは悟ったよ。この人は廓のしきたりを知らないわけじゃない。しきたりを知りながら、歯牙《しが》にもかけない野郎だ、って。あたしの体をねちっこく這い回る奴の指はまるでなめくじみたいに湿ってて、吐き気がしたよ。

あの野郎があたしの寝間着の裾叉《すそまた》を割って腰巻に手をかけたところを見計らって、あたしは叫んだ。そうしたらすぐに男衆が飛び込んできてくれて、この日の一件は終わったんだ。佐野は新造に手を出しちゃいけないとは知らなかった、って言い逃れしたけれど、兵庫屋と茶屋の出入りを禁じられて手打ちになったらしい。

次の日、八橋姐さんに謝られたんだ。実は、全部わかった上で仕組んだことでありいした、って。

姐さんはあの男を遠ざけたかった。けれど相手は上客、そこで、あたしっていう餌をぶら下げて、食い付くのを待った。あの男は女とあらば見境なしだから、きっとあんたのことも喰おうとするに決まっていした、そう姐さんは言った。

姐さんもあたしを出汁《だし》にしたわけだ。

悲しくはなかったよ。それどころか、姐さんの役に立てたという喜びが大きかった。姐さんを前にすると、毒気も抜かれちまうんだよ。でもね、あたしは例の言葉を思い出していたよ。

『もし、自分の幸せだけを考えるなら、誰も信じなんすな。さもないといつの日か、情に搦め捕られる羽目になりいすよ』

それが姐さんの言葉だと思い返した時、佐野に胸や腹をまさぐられた時よりも冷え冷えとしたもんさ。

五

祭りも終わりだねえ。最後の日は獅子舞も静かなもんだから、客足もそんなに多くない。今日は小屋の入りもよくなかったろう？　本当は閉めちまおうかって座頭《ざがしら》とも話してたんだけど、あんたとの約束もあったからね。

なんだろうね。あんたと話していると懐かしい気持ちになるんだよ。

ま、そんなこたァどうでもいいね。

さあ、約束だよ。今日で最後だ。吉原にいたはずのあたしがなんでここにいるのか。教えてやろうじゃないか。


うだるような暑さの日だった。まだお客にお呼ばれするには時があって、姐さんは朱塗りの欄干に寄りかかりながら長襦袢《ながじゅばん》一枚の姿でうちわを扇《あお》いでいた。あたしが投扇興の練習をするのを、よく飽きないなんしね、と呆れ顔で眺めていたっけ。けど、あたしの下手な扇投げを見ていてもどかしくなったのか、姐さんは畳の上に落ちた扇を拾い上げて、競うことになったんだ。

あたしじゃ最初からかないっこない。実際、姐さんは蝶に扇を当てるだけじゃなくて、次々に役を作ってゆく。でもあたしはかすりすらしないどころか、扇で枕を倒しちまって点数を失う始末。しかも、最後の一投で、姐さんは御法《みのり》っていう珍しい役を出したんだ。枕にもたれかかった扇の上に蝶が乗っかってるっていう、狙ってできるような役じゃない。姐さんの喜びようといったらなかったよ。子供みたいにはしゃいでた。悔しくってね。もう一度やりなんしょ、って言ったら、じゃあ、厠《かわや》から戻ってきいしたら、って、立ち上がって部屋から出ていった。

一人になったあたしは、蝶を立て直して扇を構えた。姐さんのおかげで色んな芸を覚えてきたけど、投扇興だけはどんなに練習《こな》しても上手くならない。十投に一回は蝶に当たるようになったけれど、末摘花《すえつむはな》の役を作るので精一杯。悔しさ半分に投げてみても、扇は蝶に届かなかった。

溜息をついたその時、階下が急に騒がしくなった。

最初、遊女の姐さん同士の喧嘩かと思った。置屋は女が狭いところで肩寄せ合って暮らしているから、どうしたって猫の縄張り争いみたいな揉め事が起こる。折り合いの悪い七越《ななこし》姐さんと初菊《はつぎく》姐さんかしらん、と二人の顔を思い浮かべてみたものの、なんとなく据《す》わりが悪かった。

びた、びた、って階段がきしむ音がする。八橋姐さんじゃない。無粋極まりない足音は、置屋にいる皆のどれとも違った。気づけば、あたしは蝶を手元に引き寄せて抱きしめていたよ。

花魁の部屋の前で足音が消えた次の瞬間、戸が乱暴に開かれた。暗い廊下からぬうっと現れた顔には表情がなくて、しばらく誰がやってきたのか分からなかった。でも、浅葱裏の羽織とあばた面のおかげでようやくそれが佐野だと知れた。一昔前の流行に結っていた髷にはずいぶん鬢のほつれが目立って、一応鯔背《いなせ》には着こなしていた藍色の絹羽織も汚れていた。それどころか、左袖には何かを拭い取ったような赤黒い汚れがあった。よく見れば、右手には青光りする抜き身の脇差《わきざし》が握られていたよ。

佐野はあたしを眺めてた。いや、あたしのことさえ見えていないみたいだった。思い人の幽霊でも探すような目で部屋を見回していた。

って。

佐野はおもむろに部屋に入るや、こともなげにこう言うんだよ。今、鶴を斬ってきた、つる、鶴……。ああ、八橋姐さんのことかと得心した。でもついさっきまで姐さんはここにいて、もう一回投扇興をやるって約束していた——。この男は幻で、あとから姐さんが廊下の奥から現れるんじゃないか——、そんな気がした。あたしは、素っ頓狂なことを佐野に訊いた。

「八橋姐さんは、どうなんしたか」

廊下に出ようとするあたしに立ちはだかるように、佐野はにこりと笑った。芝居じみたこれ見よがしな仕草で血の滴る刀を光に透かして、わらべ歌でも歌うような口ぶりでこう言うんだ。——鶴の首は鞠《まり》みたいに飛んでったよ、って。

「そんなことを聞いておりんせん。鶴なんて知りんせん。八橋姐さんはどうなんしたか」

そうしたらあいつ、どうしたと思う。立ち尽くしたままで泣き出したんだよ。ぼろぼろと涙を流して、顔をくしゃくしゃにして。あたしは随分長い間、放って置かれていたように感じたよ。しばらくの後、涙の跡を残したまま、佐野はぽつりと、こう言ったんだ。——ただ、鶴の傍《そば》にいたかっただけなんだ、って。

姐さんの話じゃ、この男は故郷じゃ女とあらばのべつ幕なしだったらしい。そんな奴の言い条を呑めるはずもなかった。いつだって男は手前勝手な理屈を押し付けて、今を精一杯生きている女の生き方にけちをつけるんだ。くだらない、そう心の中で吐き捨てたよ。

あたしは立ち上がって後ずさった。佐野は少しずつ間合いを詰める。でも、もう後ろには欄干しかない。振り返れば、まだ何も知らない人たちが道を行き交っている。助けを求めても間に合わない。飛び降りようと欄干に手をかけたものの、間に合わなかった。肩を摑まれて振り向かざるを得なくなったところで、佐野は脇差を振り下ろした。刃先の青い光が、音もなくあたしの肩に吸い込まれたんだ。

これが、吉原百人斬りと世の人が騒ぎ立てた刃傷沙汰《にんじょうざた》の内幕さ。怪我人一人に死人が二人。姐さんだけが死んだ。——もう一人の死人は佐野さ。話によりゃ、店に入るなり厠に向かうところだった八橋姐さんとばったり。腰の脇差を引き抜いて斬り殺して、押し留める間もなく二階に上がってったらしい。その後駆け付けた男衆が袋叩きにして佐野を鉄漿溝《おはぐろどぶ》に浮かべたんだと。唯一の怪我人だったあたしは半死半生の際《きわ》を彷徨《さまよ》った挙句、なんとかこちら側に踏みとどまることができた。

それからはありきたりな話さ。こんなんじゃ廓で働けないからって見世物小屋に売られたよ。最初はこんなんだから座っているだけで金になったけど、そのうち飽きられてね。で、しょうがないから新しい芸を覚えた。三味線もお琴ももう弾けない。最初は小唄で稼いでたけど、この通り酒焼けしちまってね。しょうがないから、昔取った杵柄《きねづか》で稼いでるわけさ。――吉原百人斬りの生き残りが披露する、口で投げたる投扇興、さあさごらんなさいな――。表で声を張り上げる客引きは、あたしの立つ日は口上に困らないって喜んでくれるよ。そりゃそうだわなあ。両腕両足のない女が口で扇を投げて蝶を落とすんだ。種も仕掛けもないんだからあとで文句を言われることもない。

ああ、手足かい？　気がついたらなかったよ。どうも、佐野の野郎があたしのことを膾《なます》にしたらしくてね。手足が離れちまった。

そんな目で見ないでくんなよ。あたしァ満足してるんだよ。おかげさんで見世物小屋一座の中でも一番の稼ぎ頭さ。座頭も一目置いてくれてる。男たちに上げ膳据え膳してもらうのも悪い気分じゃないよ。ただ、一つ心残りがあるとすりゃ、二度と三味線とかお琴が弾けなくなっちまったことくらいかね。さすがに口じゃあねェ。

――あたしの手足は姐さんに捧げたもんなんだ、って気もするんだよ。あたしのなくした手足は、一足早くあの世に行っちまって、三味線やお琴で姐さんの無聊《ぶりよう》を慰めているのかもしれないね。だったらいいけど、姐さんはあたしよりいい弾き手だったから、物の役にも立ってないかもしれないけどねえ。

これであたしの話は終わりだよ。

さあ、今度はあんたの番だ。しらばっくれたって駄目だよ。あたしだって世間知らずじゃないさ。五日間、ずっとこんな女の話を聞きに来るからには、何か魂胆があるってことくらいは分かる。何者なんだい、あんたは。

何だって?

顔を見せておくれ。ああ、兄ちゃんによく似てる。なんで今まで気づかなかったんだろう。えくぼなんかそのまんまじゃないかい。へえ、お母も兄ちゃんも死んで、あんたがねえ。そうかいそうかい、苦労したんだね。

で、何をしに来たんだい。

一緒に暮らす?

お断りだよ。

あたしァね、綺麗に浮世を渡ってきたわけじゃない。

ここまでの話であたしは嘘をついてる。花魁道中の折に転んだ先輩禿は、勝手に石に蹴っ躓いたわけじゃないよ。あの時、目の前にあった石をあの子の前に蹴り出したのは、あたしさ。みぃんな姐さんを見ていたから、あたしのやったことには誰も気づいていない。ああ、姐さんだけは勘づいてたか。

あの子のその後、かい。客を取らされるようになってからすぐに店からいなくなっちまった。何でも、親許身請けがまとまった矢先に病で死んだらしいよ。ご愁傷様なことだね。

でもそんなこと、苦界じゃよくある話だよ。

苦界に落ちた女は、身近な人間を踏み台にしないと溺れちまう。吉原にやってくる男だって、遊女たちの一時しのぎの足場さ。佐野だって、よくよく見りゃ八橋姐さんの一時の足場。姐さんだって、あんな綺麗な顔をして結局はあたしを踏みつけにしていたんだよ。

　あたしは毎日、なくした手をお天道様に合わせてるんだ。八橋姐さん、あたしの手足を奪った佐野、無縁寺に投げ込まれた幾数多《いくあまた》の姐さんたち、そして、あたしの踏み台になった女のことを思いながらね。

　それでいいのかって？　楽しいかは分からないけど気楽だね。ここでは誰も踏みつけにしなくていいし、客の機嫌さえ取れりゃそれでいい。あたしの稼ぎで若い連中が食えてる。こんな場所はそうそうないよ。あんたの世話になったら、あたしは一生あんたに引け目を感じなくちゃならない。そんなの、生きてる心地がしないよ。

　あんたと逢うことはもうないだろう。留なんて女はもうどこにもいやしない。あたしは見世物小屋一座の智。八橋姐さんに貰った名前で、これからもしぶとく渡世《やつ》ていくつもりさ。

「吉原百人斬りじゃないですか、これ」

「ああ。このお話の中じゃ、二人しか斬っちゃいないけどね」

苦笑いを浮かべる清兵衛を前に、幾次郎は疑問の声を発した。

「吉原百人斬りといえば、三代目河竹新七が『籠釣瓶花街酔醒《かごつるべさとのえひざめ》』を書いてるのに、なんでこれを黙阿弥先生に渡そうっていうんですかい」

黙阿弥の弟子である三代目河竹新七が明治二十一年に書き下ろしたのが、話に出た『籠釣瓶花街酔醒』である。廓で刃傷沙汰に至った男の因果を家伝の妖刀籠釣瓶に絡めた作品で、三代目新七の本では最大の当たり、いわば大出世作だ。

いぶかる幾次郎に、清兵衛が聞き捨てならぬことを口にした。

「この戯作だが……。あたしは、黙阿弥先生が書いたんじゃないかって思っているんだ」

「へ、黙阿弥先生が戯作？　そんなこと、聞いたことが」

「そりゃそうだ。引退するまで先生は座付きの狂言作者。芝居小屋以外での仕事はしちゃならないはずだ。でも、この手書き本の筆跡が、若い頃の黙阿弥先生と似ている気がするんだよ」

言われてみれば……。黙阿弥は少し止めはねの強い、独特の字を書く。この手書き本の筆跡は、確かに黙阿弥のそれと重なるものがある。

「もともとは先生の習作みたいなものなんだろう。きっと、吉原百人斬りの構想があったんだろうが、弟子が書きたいって言い出して譲ったんじゃないかってあたしは考えてる」

清兵衛はなおも続ける。

「この本を読んでいるといかにもすかっとするよ。事実もへったくれもない。そもそも、吉原百人斬り自体はいつ起きたものかも判然としちゃいないんだ。元禄だと言う人もいれば、享保の頃って人もいる。何十年も開きがあるんだ。もはや当時のことなんか分からない。でも、この本はそれでいいんだよ。事実なんかよりももっと生々しい真実《ほんとう》を突いているんだ」

「どういうこった。事実と真実《ほんとう》は別物なのかよ」

「ああ、全くの別物さ。史書をそのまま読んじまったら、結局は歴史に名を刻むことのできる強者の言葉しか拾い上げることができない。事実は所詮上澄みだから、この本みたいに事実でない真実《ほんとう》を書き入れてやらないと張りぼてになっちまう。きっと、この話に出てくる智なんて女はいないだろうし、現実に存在するはずもない。物語の上ならば存在を許される智が、籠の鳥の哀しさと、女として生きる悲壮な決意を語る。嘘という形だけれど、智の思いは皆が持ってるもの、持ちたいものだ。だからこそ、智の言葉に人は突き動かされる。そこに人の世の真実《ほんとう》があるのさ」

「よく分からねえな。禅問答じゃねえか」

「かも、知れないね。でも、版元も、狂言作者や戯作者や絵師だって、そうやって真実《ほんとう》を探し求めているんじゃないかね」

絵師、という言葉に思わず肩を震わせそうになってしまって、幾次郎は己の肩を掴んだ。だが、目の前の老人はそれに気づいた様子はなかった。

「能書きが長くなっちまったね。これで五冊。きっと先生もお喜びになるだろう。これを持って行っておくれ」

「あ、ああ」

平気だろうか。そう思いながらも五冊の本を抱え、明治堂を後にした。

それから数日後、幾次郎は浅草《あさくさ》行きの乗合馬車で本所方面に向かった。電信やガス灯の柱が立ち並ぶ新橋の煉瓦通りを抜け、両国西河岸で降りる。洋式の木橋に架け替えられた両国橋を渡って東河岸の盛り場を越えた頃には、すっかり町の雰囲気は様変わりしている。煉瓦造りの建物はほとんどなく、昔ながらの町家が並んでいる。町のそこかしこから溢れる江戸の香りを懐かしみながら、冷え込む裏路地に入った。

裏長屋の木戸がひしめくさまはまさに江戸の昔そのまま、今にも路地裏から髷《まげ》を結った職人が飛び出してきそうな気配さえある。耳をすませば三味線や琴の音色も聞こえてくる。その波間に聞こえてくる朗々とした話声は、噺家の練習だろうか。物欲しそうにこちらを見上げる野良犬や、我関せずとばかりに板塀の上で欠伸《あくび》をする野良猫を尻目に道を急ぐうち、黙阿弥の屋敷の門が見えてきた。

昔は庶民が大仰《おおぎょう》な門を拵えることはできなかった。両開きの大門は、さながらここの主人が本所の主でございとばかりに胸を張っている。

幾次郎は通用口をくぐって中に入った。

潮の香りが鼻腔《びくう》をくすぐった。門を入るなり見えてくるのは、屋敷の主自慢の潮入り池だ。広大な池の北のほとりに大きな平屋の屋敷が立っており、南のほとり、松の木に隠されるように離れの茶室や蔵などが並んでいる。幾次郎は北の母屋を目指して歩いていった。

ぐるりと池を回り、母屋の玄関先で声を掛けると使用人がやってきた。名前と用件を伝えると、直ぐに客間へと案内してくれた。季節を先取りした梅の枝が生けられた床の間のある客間からは、さきほどの潮入り池を一望できる。腕を組みながらしばし待っていると、やがて縁側から足音がした。

「おお、幾次郎かえ。よく来たな」

低く落ち付いた声が、幾次郎に降りかかる。

「へえ、すっかり時を頂いちゃいまして」

頭を下げると、その声の主は鷹揚《おうよう》に笑い、幾次郎の前に座った。

「構いやしないよ。その分原稿が遅れるだけだからな」

「そいつぁ困りますよ」

幾次郎は目の前に座った声の主を見遣った。相変わらず、黒の木綿羽織に鼠色の長着《ながぎ》という粗末ななりをしている。頑固そうな四角い顔をした老人。強面《こわもて》でもあまり威圧を感じないのは付き合いが深いからだろうし、意外にも目元が優しいからだろう。真っ白な髪を後ろに撫でつけながら不敵に笑うこの人こそ、不世出《ふせいしゆつ》の狂言作者、河竹黙阿弥である。

その黙阿弥は、口角を上げたまま上体を幾次郎に近付けた。

「ネタを持ってきてくれたんだって?」

「へえ、確かに」

幾次郎は持参してきていた風呂敷包みを解き、明治堂の清兵衛が集めてくれた五冊の本をまとめて黙阿弥に差し出した。すぐにそれを受け取った黙阿弥は、表紙をそれぞれに眺め、ぱらぱらと中身を確認して畳の上に置いた。斜め読みどころか、確認程度に目を通しただけの読み方であった。

「なるほど、この五冊、か」

口角を上げたままの黙阿弥から、感情を読み取ることができなかった。幾次郎はただ待った。すると、ややあって、黙阿弥は口を開いた。

「あたしに紹介するってこたぁ、当然、読んでいるんだよな、この五冊」

「はい、もちろんでさ」

幾次郎は慌てて頷いた。しっかり読んでいるのだから特にうろたえる必要はない。だがいつしか、幾次郎は自分が目の前の大作者の熱に晒されていることに気づいた。

「じゃあ、話は早いな。幾次郎、おめえ、いつまでそっち側にいるつもりだい」

そっち側。その言の意味するところにピンと来ただけに何も言えずにいると、なおも黙阿弥は口角を上げたままで続けた。

「人間には二種類あると思ってる。物を受け取る人間と、物を作る人間だ。どっちが偉いわけじゃない。受け取り手がいなくちゃ物作りの人間は成り立たないからな。でも、実際問題として、物を作る人間の方が少ない。できる人間が他のところで慣れない仕事をやっているのはもったいない。ここまでは分かるな」

強い口調で念を押されては、幾次郎も頷くしかなかった。

「おめえは新聞の編集人には向いてないよ。だっておめえは、物を作る人間なんだから」

「やめてくださいよ。俺はもう、浮世絵を描くのは止《よ》したんです」

「聞いてるぜ。版元から、久々にお声がかかったらしいじゃないか」

「な、なんでそれを」

思わず幾次郎は頓狂な声を上げてしまった。

「あたしを誰だと思っているんだい。黙阿弥は地獄耳なんだ」

幾次郎は今でこそ歌舞伎新報社の編集人をしているが、かつては歌川国芳の許で学んだ人気絵師だ。だが、明治に入り、このままでは浮世絵がにっちもさっちもいかなくなると囁かれた頃、いち早く新聞の世界に飛び込み、挿絵画家としての活動を始めた。そのせいで旧来から付き合いがあった版元とは喧嘩別れに近い形で縁が切れてしまい、今、絵描きとしての仕事は歌舞伎新報用の挿絵ばかりになっている。

最近、ある版元から依頼があった。

明治二十三年、つまりは今年の五月に、九代目市川團十郎《いちかわだんじゅうろう》が『勧進帳《かんじんちょう》』で弁慶を演《や》る。この錦絵を描いてくれないかというものだった。なんでも芝居小屋たっての希望だったらしいが――。

「なんで、断った」

　黙阿弥の口調には若干の苛立ちが滲《にじ》んでいる。力なく、幾次郎は答えた。

「無理ですよ。俺は、『版元に先はない』って新聞事業に打って出た人間ですよ。今更戻れるわけはないじゃないですか」

　版元を去って新聞事業に出たあの頃、裏切り者、という罵《のの》りを何度も受けた。幾次郎からすれば、手前の食い扶持《ぶち》を稼ぐための苦肉の策だった。版元がもっと俺たちに仕事を出せば、新聞なんて新事業に手を出すことなんてなかったろうよ――。そう啖呵《たんか》を切って飛び出した手前、今更版元と仕事をするのに二の足を踏んでいた。

　黙阿弥は、幾次郎の思いを見透かすように、短く笑った。

「何言ってやがる。おめえ、あんまりにもお行儀が良すぎやしないかい。あたしを見なよ。お上の演劇改良運動にケツをまくる、とんだ大悪党だ」

　黙阿弥は鼻の下を指でなぞった。

「あたしは、嘘つきが嫌いだ。だからこそ、演劇改良に背を向けてるんだよ。あいつらの書くものには真実《ほんとう》が何にもないんだ。取り澄ました建前で塗り固められたもんには人の居場所がねえ。だからこそ、一時は引退したんだよ。元の木阿弥をもじった、黙阿弥って名乗ってね」

「と、言ったって」

「手前の小さな了見に振り回されるんじゃない。あたしたち何かを作る人間は、恥も外聞も関係ねえ。手前の七転八倒すらもネタにして、前に進むもんだろうからよ。腕を見込まれてるんだ、応えなきゃ嘘ってもんだ」

ふと、脳裏にある可能性が掠《かす》め、幾次郎は思い浮かんだものをそのまま口にした。

「まさか、とは思いますが、先生がネタを探してこいって言ったのは、俺が明治堂の清兵衛さんに相談するのを見越して、二人して俺を説得するつもりだったんじゃ」

「どうだろうねえ」

黙阿弥は曰くありげに片眉を上げた。

そうだった、この人には到底敵わないのだった――。幾次郎は首を振った。

もっと早くに気づくべきだった。てっきり清兵衛が黙阿弥のために選書をしていたものとばかり思っていたからこそ、『今更黙阿弥にこんなものを見せる意味はあるのだろうか』と小首をかしげていた。だが、もし、清兵衛の意図が別のところにあったとしたら。

最初から、狙いは幾次郎に向いていた。だとすれば、全ての辻褄が合う。

そもそも、最初の時点から怪しむべきだった。清兵衛は元を正せば版元、幾次郎に声を掛けてきた版元と付き合いがあったとしても不思議はない。幾次郎と古い知り合いである黙阿弥に委細を相談し、この茶番を仕掛けた。「ネタがないから本を浚《さら》ってこい」などと編集人をどやしつける前に、黙阿弥ほどの人脈があればいくらでも本を集めることはできたはずだからだ。

己の察しの悪さに茫然としていた幾次郎を前に、黙阿弥は続ける。

「おめえに絵を頼むにあたっては、当代團十郎さんの意向も働いてるらしいぜ」

「え、それは本当ですかい」

「ああ。版元が頭を下げたくらいであたしが動くと思うのかい。だから、これはあたしの頼みでもある」

黙阿弥は頭を下げた。白髪交じりの頭頂が露わになる。

「ちょ、やめてくださいよ」

「團十郎さんが『勧進帳』を演ることの意味、おめえにだって分かるだろう」

『勧進帳』といえば成田屋十八番の一つ、古くから伝わる歌舞伎の人気演目だ。弁慶が主君の義経を助けるために機知を働かせ、まっさらな巻物を読み上げて、疑われぬために義経を打擲《ちようちやく》する。これに感じ入った関守の富樫《とがし》が一行の正体を悟りつつも関所を通すという筋書きのこの幕は、演劇改良会からすれば旧弊の代表格たる芝居だろう。これを、活歴もの、演劇改良運動に邁進《まいしん》していた九代目團十郎が演るということは——。

團十郎の中で心変わりが始まっている、ということだろう。

「確かに時代は変わったよ、これから芝居だって変革は必要だろう」默阿弥は顔を伏せたまま言った。「だが、今の演劇改良は筋が悪い。お上主導はいけないよ。あたしたちは、お上の操り人形になっちゃいけない。上から押し付けても客は離れる一方だ。なんでって？　決まってる。芝居は――物語は、弱き人々のためのものだからだ。声なき声を拾い上げ、ときには弱き者の子守唄に、ときには弱き者の道を切り拓く鉈《なた》に、ときには弱き者の足元を照らす灯りになるものなんだ。お上の暇潰し、ましてや社交の道具に使われるようなもんじゃない」

だから。默阿弥は続けた。

「やってくれ。おめえの筆で、九代目團十郎を元の木阿弥に引き戻してやってくれ」

默阿弥の家を辞した頃には、夕方に差し掛かろうとしていた。

新春の風は未だに冷たい。腕を組み、両国橋へと続く通りをとぼとぼ歩きながら、幾次郎は、默阿弥の言葉を嚙み締めていた。

『おめえの筆で、九代目團十郎を元の木阿弥に引き戻してやってくれ』

自信はない。

歌舞伎新報の表紙や挿絵はぽつぽつと描いていたが、それ以外、絵筆を握ってこなかった。絵は日々の積み重ねが物を言う。出戻りという意味では幾次郎も九代目團十郎と一緒だった。版元としばし付き合いをやめていた幾次郎の絵がどれほど売れるのか、皆待ってくれているのか、誰よりも幾次郎自身が分からない。

結局は、どちらにつくのか。話はそれだけのような気がした。

歌舞伎数奇《すき》として、演劇改良運動を是とするのか。それとも、反旗を翻すのか。

時折しも、夜の帳《とばり》が両国橋に落ち掛かるところだった。朱に染まる橋の向こうは、煉瓦造りの開化の町並みが続いている。振り返れば、江戸の風情を留めた町並みが、今にも眠りにつこうとしていた。

幾次郎は舌を打った。

「しょうがねえなあ。明日から、みっちり手馴らしするかな。たまには、師匠の墓参りにでもいくとしようかね」

かつての師匠、歌川国芳の面影に笑いかけた幾次郎は、ゆっくりと歩を進めた。

誰かに必要とされている。思えば、そんな満足感だけで昔の己はずっと絵を描いてきたのだった。絵師としての心をふと思い出し、幾次郎はくすぐったい思いに襲われた。だが、一方で恐怖にも駆られる。あの黙阿弥に求められて絵筆を握るからには、半端な仕事はできない。気づけば、掌《てのひら》にじっとりと汗をかいている。

夕焼けに染まる両国橋が幾次郎を出迎えた。

人の姿がほとんどない橋を渡っていると、海の方角から風が吹いてきた。温かな空気を運んでくるその風は、しばし川面を揺らしていた。

幾次郎の目には、たしかに見えた。

両国橋のたもとで句を詠み合う、赤穂四十七士の大高源吾《おおたかげんご》と宝井其角《たからいきかく》の姿が。

威風堂々、だんだら羽織を羽織った四十七士が雪の両国橋を行進する姿が。

犬を斬り殺した弾みに名刀庚申丸《こうしんまる》を川に落とす、黙阿弥の芝居の登場人物、伝吉《でんきち》の姿が。

物語の登場人物たちが新しい橋の上で確かに息づき、幾次郎に問いかけてくる。お前はやるのか、と。

決まってらあ。幾次郎は心の中で見得を切った。

「春もそこまで、かね」

両国橋を渡り切り、振り返った時には、大高源吾も、四十七士も、伝吉ももうそこにはいなかった。幾次郎は袖に手を引っ込め、『勧進帳』の長唄を口ずさみながら、闇に沈む東京の町へと足を踏み出した。

明治二十三年、幾次郎は大判三枚続きの連作役者絵を引っ下げ、浮世絵に復帰した。

その中の一作に、具足屋福田《ふくだ》熊次郎《くまじろう》刊行の『歌舞伎十八番之内勧進帳』がある。

『勧進帳』を材に取り、九代目市川團十郎演ずる弁慶の威風堂々たる姿を大写しにした大作であるが、いつもは『一蕙斎《いっけいさい》　落合芳幾』などとするところ、この作品に関してはあまり例のない署名をしている。

『蕙阿彌　落合芳幾』

いつも使っている画号『一蕙斎』のもじりであることは察しが付くが、なぜ阿弥号を名乗ったのか、幾次郎は誰にもその理由を明かしていない。

解説

田口幹人

本書『雲州下屋敷の幽霊』は、谷津矢車という作家が、難しいことを、何でもないようにさらりとやってのける書き手であるということをあらためて実感させてくれた。

通常文庫化とは、単行本で出版された作品の内容に一部加筆修正され、作者のあとがきや解説など単行本＋αの要素を加える過程を経て文庫という形で再び出版されることをいう。文庫化に際し、改題や装丁の変更がなされることがよくあるが、本作程腑に落ちた改題や装丁の変更は珍しいのではないだろうか。単行本『奇説無惨絵条々』で読んだ印象と改題し装丁が変更された『雲州下屋敷の幽霊』は、同じ作品なのに、まるで違う作品を読んでいる錯覚に陥ってしまった。谷津さん、すごいよ！　すでに単行本で読み終えた方も、ぜひ『雲州下屋敷の幽霊』を読んでみてほしい。

これも最初から計算して仕組んでいたのだろうか、とうがった見方さえさせてくれる。これが谷津矢車という作家なのだ。

2013年に『洛中洛外画狂伝』でデビューしてから、一貫して良質の歴史時代小説を発表し続けてきた氏の作品の最大の魅力は、一見すると単純に見えるが、じつはすごく複雑に練られたプロットが想像を超える形で収斂《しゅうれん》していくところにあると思っている。題材となる人物や背景となるその時代と歴史を徹底的に調べあげ、様々な形で散らばっている題材に関する真実を拾い集め、そこから事実を見つけ出す作業を繰り返した上で、歴史として残されていない空白となっている部分を作家の想像力で物語に仕上げていくのが歴史時代小説なのだが、氏はこの工程をとてつもなく深く行っていることが各作品から感じられる。

歴史時代小説の中には、残されている真実と真実を繋ぎ合わせる史料の組み合わせの妙を描いた作品も多くあるが、知識を詰め込むあまり物語に入り込めずに読み終えることになってしまうことが多々ある。書かれている題材が、歴史上どのような結末を迎えるのかを知って読んでいることが多い歴史時代小説では、結末で読者を驚かすことは難しい。だからこそ、調べ上げた歴史的な知識よりも、歴史として残されていない空白の部分を、著者がどんな物語で埋めてくれるのかが大事なのだ。

本書においてその空白は、たった一つの文字。そう、たった一文字の空白を埋めるためにこの作品が生み出されたのだ。歴史時代小説というフィールドで、誰も見つけないような針の穴のような空白を埋めることで読む者をここまで楽しませてくれることができるなんて。最大級の敬意を表して、今もっとも憎らしいほど愛しい作家である。

話を本書に戻そう。

本書は、江戸時代に起こった事件をモチーフとした五つの短篇を収録した著者初の短篇集だ。本当は6篇が収録されているのだが、ここでは5篇ということにしておく。

「だらだら祭りの頃に」

父親に借財のかたとして売られ、流れ着いた廓《くるわ》で火付けを起こし島流しとなった大坂屋花鳥が主人公の物語。流された島で出会った佐原喜三郎とともに島抜けに成功し、江戸に戻って潜伏することに。常に飢え死にと隣り合わせの島暮らしで、男に媚びを売り、泥水を啜ってでも生き延びることができたのは、花鳥の心の奥に住む化け物がいたからだった。苦界という言葉は、遊女としての境遇だけではなく、苦しみの絶えない人間界すべてを表しているのかもしれないと思わせられる一篇だった。

「雲州下屋敷の幽霊」

全裸で茶会を開くなど、様々な奇行を繰り返し、晩年は奇怪な妖怪画や幽霊画を集めた「魍魎《もうりょう》の間」で過ごした人物として知られる雲州松平宗衍《むねのぶ》の心情に、背中に刺青を入れた侍女・幸《こう》とのエピソードから迫った一篇である。裸で仕事をさせ、一生消えることのない刺青を入れさせるなど、己の鬱屈を晴らすために常軌を逸した虐待を続ける宗衍。

どんな苦しみを与えられても、ひたすら生き続けていることに対する喜びを口にする幸。生きながら死に、怨念に溶け切らない羨みがこれほど人の心を蝕《むしば》むものなのかと恐ろしくなった。

「女の顔」

浪費癖のある白子屋お熊が実母と共謀し多額の持参金と共に婿入りしてきた旦那を殺害しようとした有名な白子屋お熊事件を題材にした一篇である。事件の真相に迫る南町奉行所の廻り方同心・林将右衛門と後輩の大塚半兵衛は、毒を盛られて起き上がることもままならないお熊の婿養子・又四郎に小刀で襲い掛かり取り押さえられたお菊の尋問をすることになる。お熊の刑が執行された後、徐々に事の真相が明かされていくのだが、現代に通じるという意味においても背筋が冷たくなるほどの恐怖を感じた。

他にも、殿様を狙う猟師を斬るために出合った仇で繋がる縁を描いた「落合宿の仇討」と、見世物小屋一座の智《とも》の身の上話を描いた「夢の浮橋」の2篇が収録されている。

本書に収録されているのは、いずれも江戸時代の陰惨な物語ばかりだ。この五つの短篇は、狂言作者・河竹默阿弥のために台本のネタを探す落合幾次郎が、訪ねた古書店の店主から渡された5篇の陰惨な戯作という設定となっている。

約二年間にわたって、「オール讀物」で発表された五つの短篇を、新たに大きな物語としての短篇を創作し、先の五つの短篇を埋め込むことで、入れ子構造の物語形式の短篇集として生まれ変わらせたのだ。5篇の短篇を束ねる額縁となる物語が幕間という形で挟みこまれ、大きな一つの物語となっているのである。おそらく、最初の短篇を発表した時からこの構想の下でそれぞれの短篇を創作していたに違いない。もしそうでなかったとしても、そう思わせてくれるのが作家・谷津矢車なのだ。

本書には、様々なテーマが隠されている。本書が『雲州下屋敷の幽霊』と改題されていなければ、かなり字数を割いてそのテーマについて掘り下げて紹介するつもりだったが、まずは、江戸の怖い話が淡々と綴られていく不思議な5篇を読み、人間が持つ闇を描いた残酷で無惨な物語にも関わらず、不思議と美しいと感じてしまう怖さをぜひ味わっていただきたい。

最後に、タイトルが『奇説無惨絵条々』のままだったら詳しく触れておきたかったことを少しだけ書かせていただく。どうしても、氏の「歴史時代小説とは何か？」という問いに対する向き合い方についてだけは触れさせていただきたいのだ。

作中語られる、物語と歴史という案外区別がつきにくいものについての立ち位置が腑に落ちる。お上が言う風紀紊乱への規制は、演劇改良運動で、庶民のものであった芸能にまでも時代考証を義務付け、世の中にいい加減さを許さない風潮を植えつけさせた。氏は、本書を通じ、そんな価値観の変わり目の明治20年代を舞台に、江戸時代の物語（嘘）を通して、物語（嘘）と事実を切り分けることの必要性を描きたかったのではないだろうか。事実なんて無味乾燥なものであり、時の流れや風向きで事実は大きく変わる。そこに物語（嘘）という形で、時代を越えても変わる事のない普遍的な要素を入れることにより、見えてくる真実があるのだ。

私たちも、時代が変わることを、昭和、平成、令和と体験しているが、やはり昭和が終わった時にはそれを十年は引きずっていた気がする。江戸から明治に変わって大きな変革はあったけれど、その中での実（まこと）は一体なんだろうかと問われる部分でも、今の読者の共感を得やすいのではないだろうか。

それこそが、歴史時代小説の意味なのかもしれませんね。

（書店人）

初出
だらだら祭りのころに　「オール讀物」二〇一六年六月号
雲州下屋敷の幽霊　「オール讀物」二〇一六年十二月号
女の顔　「オール讀物」二〇一七年六月号
落合宿の仇討　「オール讀物」二〇一八年一月号
夢の浮橋　「オール讀物」二〇一八年六月号
書籍化にあたり加筆改稿を行いました
単行本　『奇説無惨絵条々』二〇一九年二月　文藝春秋刊
文庫化にあたり改題しました
デザイン　野中深雪
DTP制作　エヴリ・シンク

文春文庫

雲州《うんしゅう》下屋敷《しもやしき》の幽霊《ゆうれい》

定価はカバーに表示してあります

2021年7月10日　第1刷

著　者　谷《や》津《つ》矢車《やぐるま》
発行者　花田朋子
発行所　株式会社 文藝春秋

東京都千代田区紀尾井町 3-23　〒102-8008
TEL 03・3265・1211㈹
文藝春秋ホームページ　http://www.bunshun.co.jp

落丁、乱丁本は、お手数ですが小社製作部宛お送り下さい。送料小社負担でお取替致します。

印刷製本・凸版印刷

Printed in Japan
ISBN978-4-16-791720-3

（　）内は解説者。品切の節はご容赦下さい。

恋しぐれ
葉室　麟
老境を迎えた与謝蕪村。俳人、画家として名も定まり、よき友人や弟子たちに囲まれ、悠々自適に暮らす彼に訪れた最後の恋。新たな蕪村像を描いた意欲作。（内藤麻里子）
は-36-4

無双の花
葉室　麟
関ヶ原の戦いで西軍に与しながら、旧領に復することのできたただ一人の大名・立花宗茂。九州大友家を支える高橋紹運の嫡男、宗茂の波乱万丈の一生を描いた傑作。（植野かおり）
は-36-6

山桜記
葉室　麟
命の危険を顧みず、男は妻のため出兵先の朝鮮半島から日本へ還る（「汐の恋文」）。大名の座を捨て、男は妻と添い遂げた（「花の陰」）。戦国時代の秘められた情愛を描く珠玉の短編集。（澤田瞳子）
は-36-7

影踏み鬼
新撰組篠原泰之進日録
葉室　麟
伊東甲子太郎を慕い新撰組に入隊、後に赤報隊に身を投じた久留米藩脱藩隊士、篠原泰之進。彼の目を通して見た新撰組の隆盛と凋落。（朝井まかて）
は-36-8

合戦の日本史
安部龍太郎・伊東　潤・佐藤賢一・葉室　麟・山本兼一
当代きっての歴史小説家五人が、日本史を大きく変えた、桶狭間の戦いから幕末維新の戦いまでを徹底的に分析した大座談会をここに収録！
は-36-51

まんまこと
畠中《はたけなか》　恵
江戸は神田、玄関で揉め事の裁定をする町名主の跡取・麻之助。このお気楽ものが、支配町から上がってくる難問奇問に幼馴染の色男・清十郎、堅物・吉五郎と取り組むのだが……。（吉田伸子）
は-37-1

こいしり
畠中　恵
町名主名代ぶりは板についてきたものの、淡い想いの行方は皆目見当がつかない麻之助。両国の危ないお二イさんたちも活躍する、大好評「まんまこと」シリーズ第二弾。（細谷正充）
は-37-2